Dr. Philip Jaisohn : A Life Story

My Papa is a Simple Man

서재필 박사 전기

우리 아빠 서재필 박사 이야기

Dr. Philip Jaisohn: A Life Story

My Papa
is a
Simple Man

서재필 박사 전기
우리 아빠 서재필 박사 이야기

The Philip Jaisohn Memorial Foundation

Hollym

Dr. Philip Jaisohn: A Life Story
My Papa is a Simple Man

Copyright © 2015
by The Philip Jaisohn Memorial Foundation

First edition, 2015
by Hollym International Corp., USA
Planned by The Philip Jaisohn Memorial Foundation
Written by Yi Eunhong
Illustrated by Bang Seungjo
Translated by Oh Seiwoong
Phone 908 353 1655   **Fax** 908 353 0255
http://www.hollym.com   **e-Mail** contact@hollym.com

 Hollym

Published simultaneously in Korea
by Hollym Corp., Publishers, Seoul, Korea
Phone +82 2 734 5087   **Fax** +82 2 730 5149
http://www.hollym.co.kr   **e-Mail** info@hollym.co.kr

ISBN: 978-1-56591-476-6
Library of Congress Control Number: 2015938250

Printed in Korea

Dr. Philip Jaisohn (1864-1951)

Fighter for Korea's Independence
First naturalized American citizen of Korean descent
First Korean American medical doctor
Reformer for Korea's democratization

서재필 박사 (1864-1951)

독립운동가
최초의 한국계 미국 시민
최초의 한국계 미국 의사
민주주의 정치개혁가

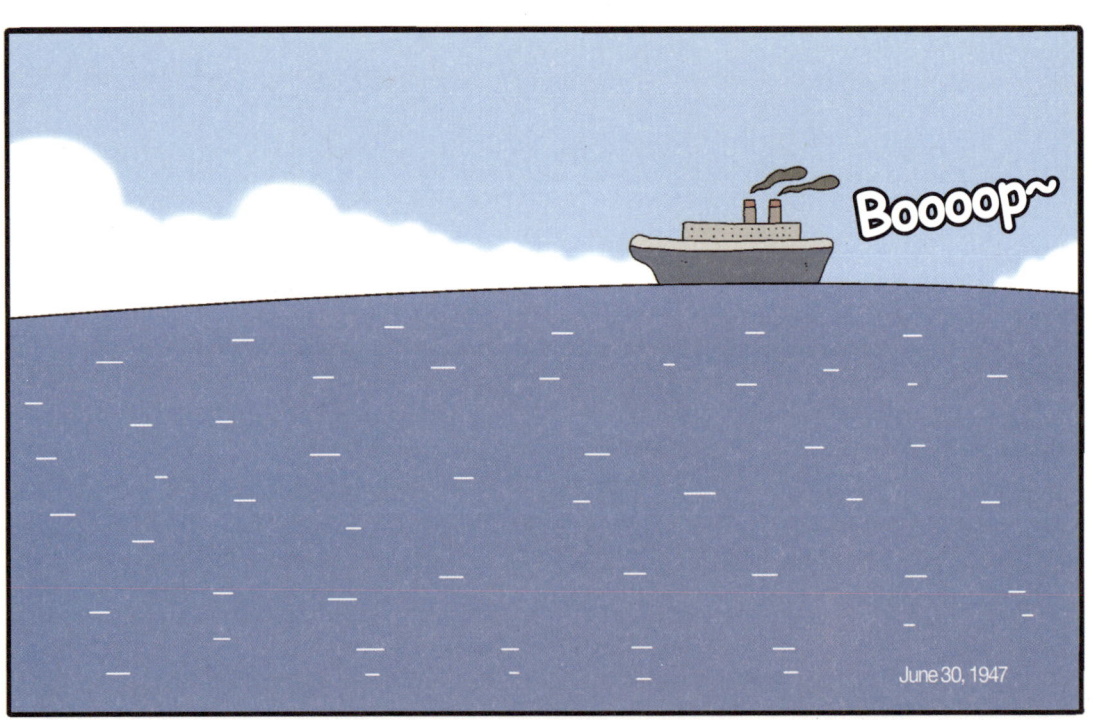

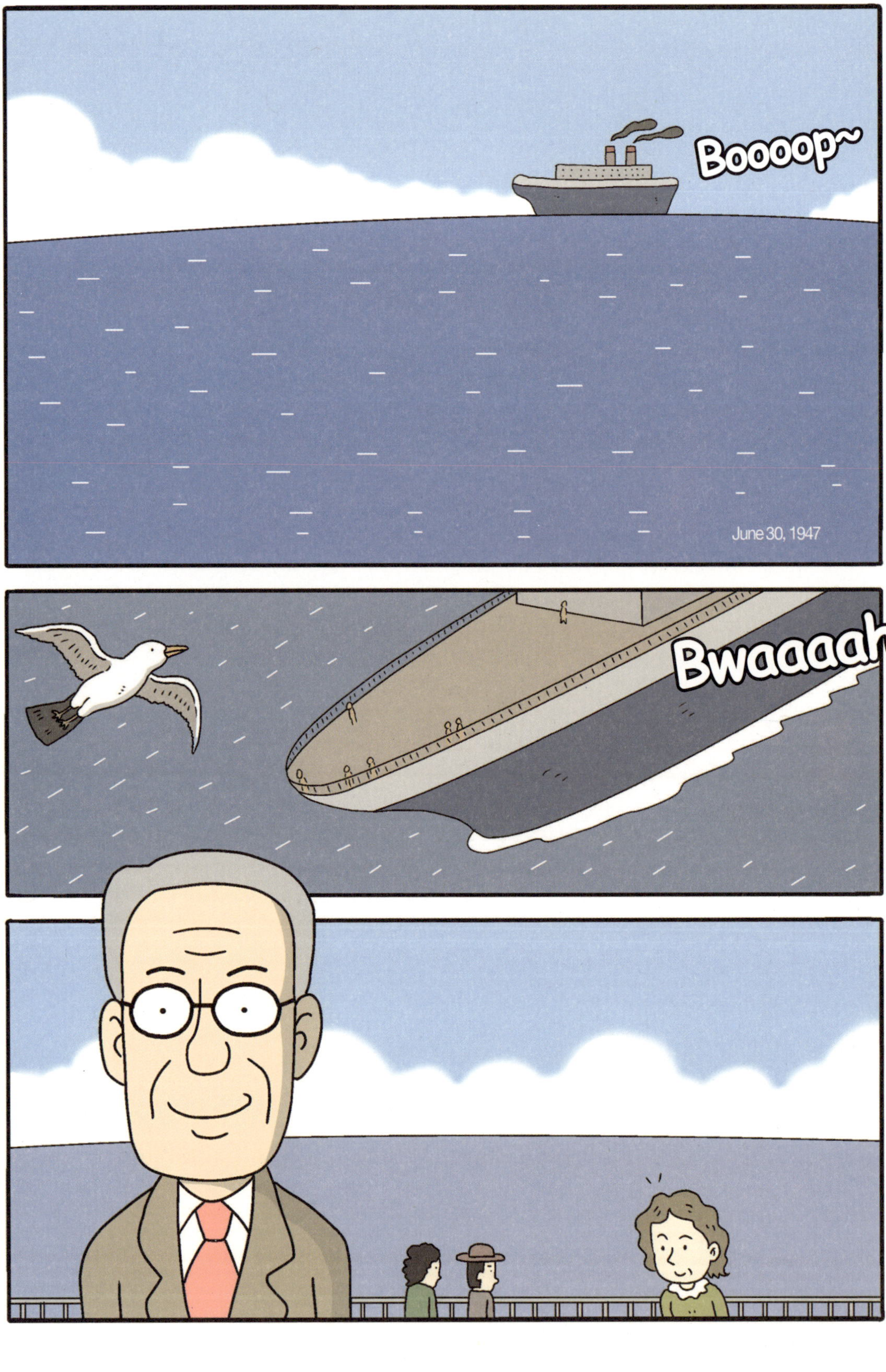
Boooop~
June 30, 1947
Bwaaaah~

뿌우~

1947년 6월 30일

바ー앙

7

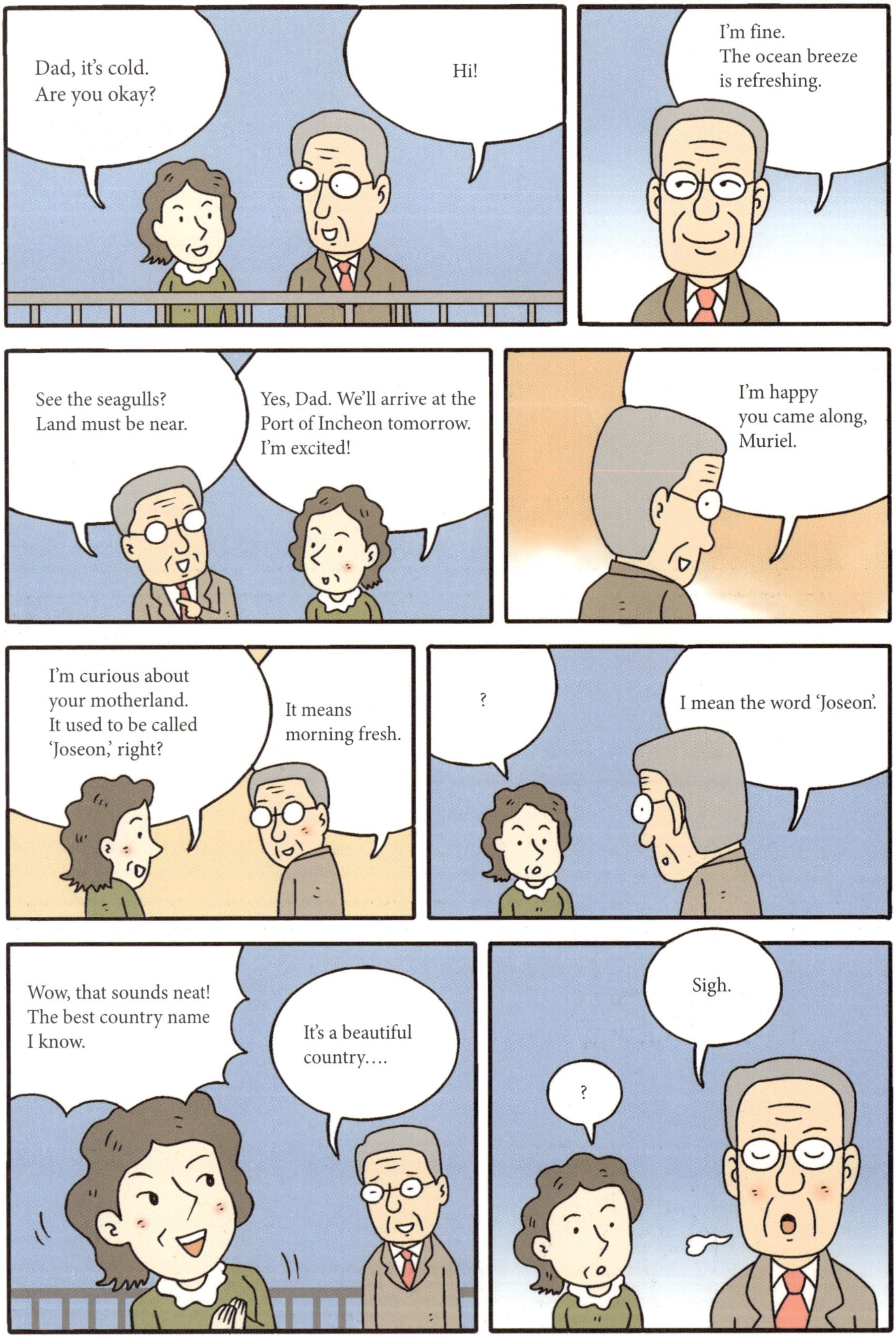
Dad, it's cold. Are you okay?
Hi!
I'm fine. The ocean breeze is refreshing.
See the seagulls? Land must be near.
Yes, Dad. We'll arrive at the Port of Incheon tomorrow. I'm excited!
I'm happy you came along, Muriel.
I'm curious about your motherland. It used to be called 'Joseon,' right?
It means morning fresh.
?
I mean the word 'Joseon'.
Wow, that sounds neat! The best country name I know.
It's a beautiful country....
Sigh.
?

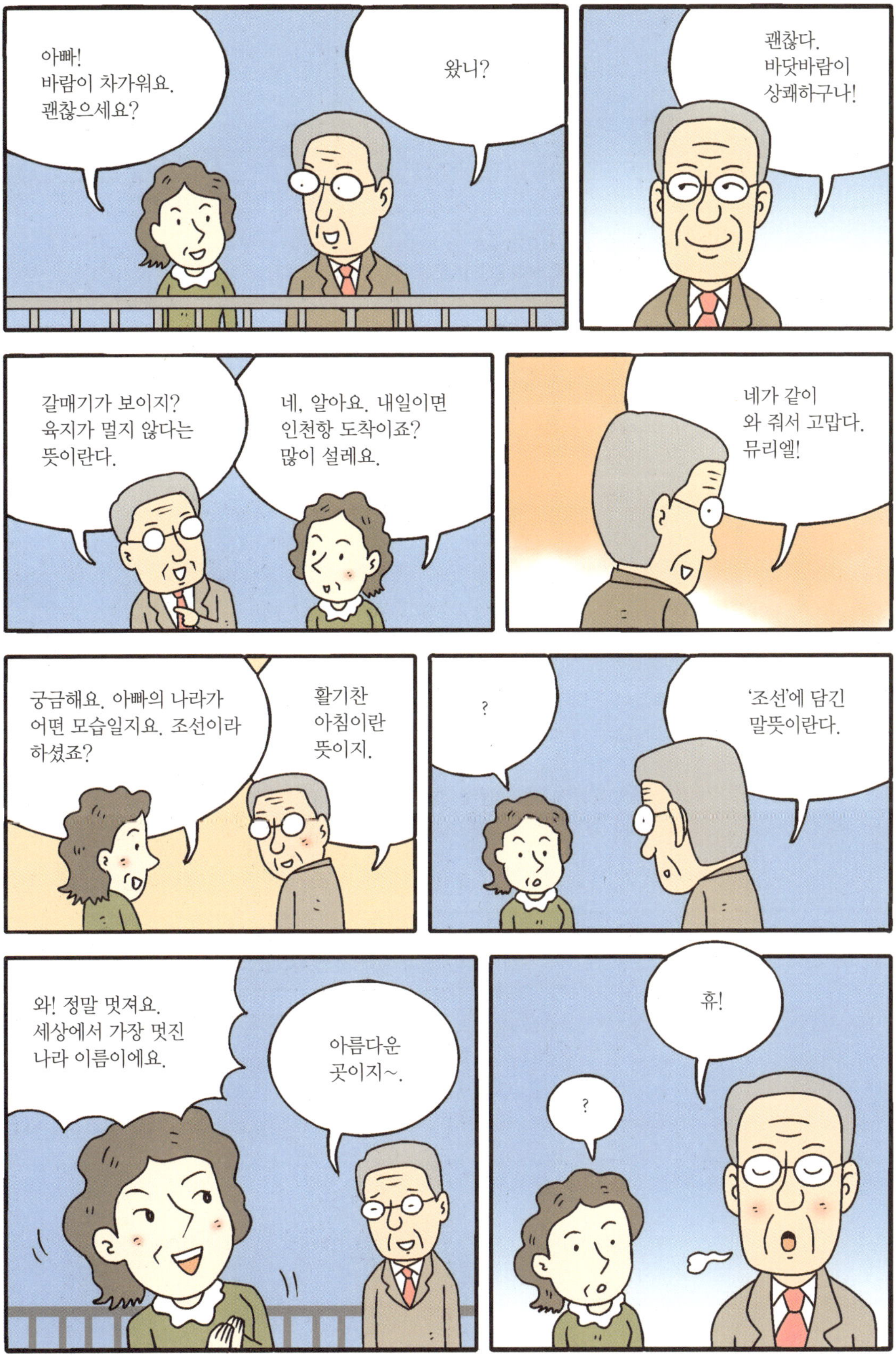
아빠!
바람이 차가워요.
괜찮으세요?
왔니?
괜찮다.
바닷바람이
상쾌하구나!
갈매기가 보이지?
육지가 멀지 않다는
뜻이란다.
네, 알아요. 내일이면
인천항 도착이죠?
많이 설레요.
네가 같이
와 줘서 고맙다.
뮤리엘!
궁금해요. 아빠의 나라가
어떤 모습일지요. 조선이라
하셨죠?
활기찬
아침이란
뜻이지.
?
'조선'에 담긴
말뜻이란다.
와! 정말 멋져요.
세상에서 가장 멋진
나라 이름이에요.
아름다운
곳이지~.
휴!
?

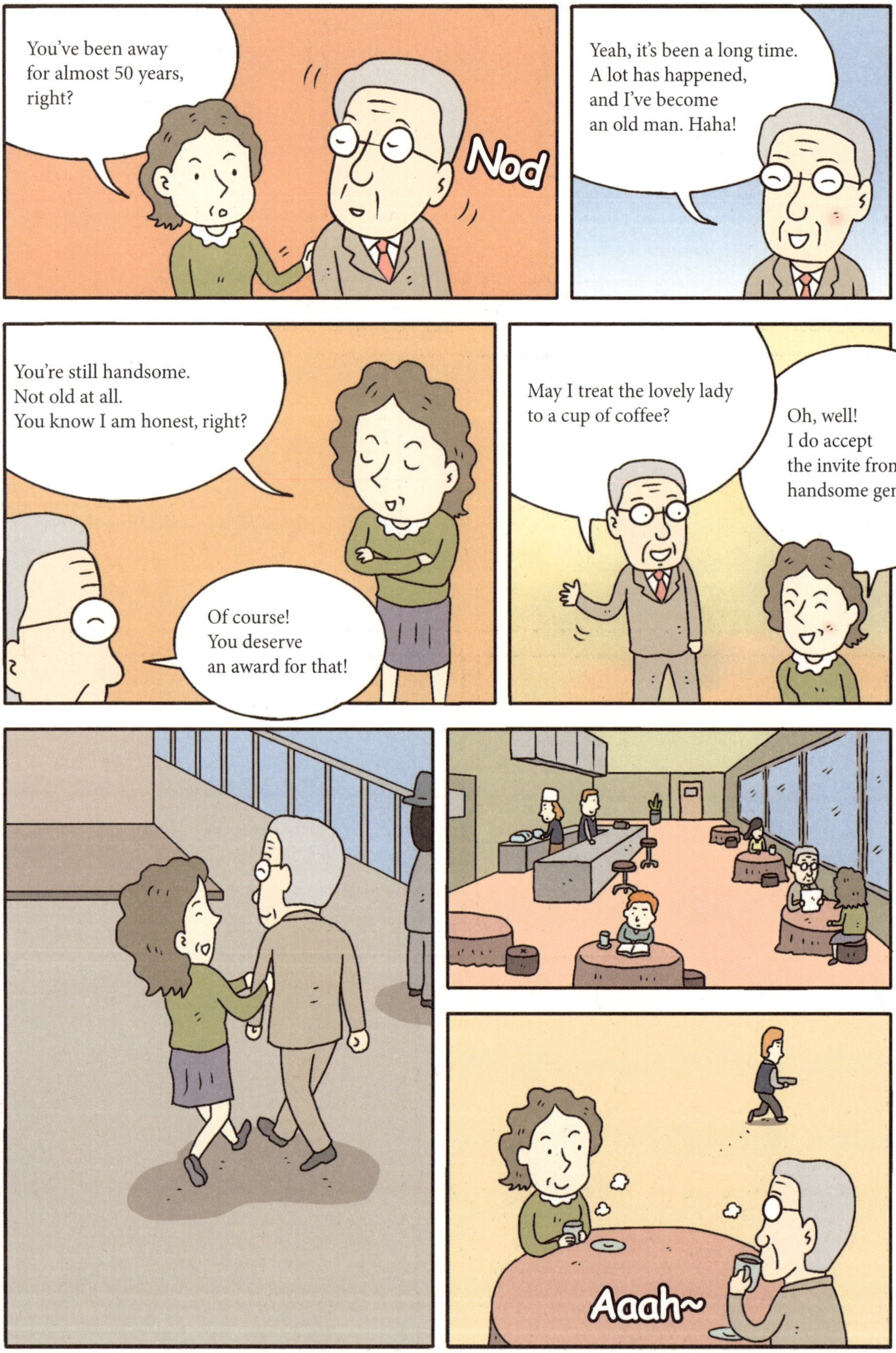
You've been away for almost 50 years, right?
Nod
Yeah, it's been a long time. A lot has happened, and I've become an old man. Haha!
You're still handsome. Not old at all. You know I am honest, right?
Of course! You deserve an award for that!
May I treat the lovely lady to a cup of coffee?
Oh, well! I do accept the invite from a handsome gentleman.
Aaah~

거의 50년 만의
귀국이시죠?

오랜 세월이 흘렀고,
많은 일들이 일어났고······.
난 이렇게 늙은이가
되었구나. 하하.

아빠 여전히 멋지세요.
청년 같다고요!
저 솔직한 거 아시죠?

암! 알다마다.
네 솔직함에
상을 주고 싶구나.

아름다운 숙녀 분께
커피 한 잔 대접하고
싶은데 어떠신지요?

멋진 신사 분의
초대를 기꺼이
받아들입니다.
호호~!

I'm proud of you, Dad.

....

Dad!

Your mind seems to be somewhere else.

Huh?

Yeah, I was remembering a young man.

21-year-old. After losing his passion and hope, he left his home country in despair.

How cold it was that winter!

62 years ago, where the young man boarded a ship. We'll land there tomorrow.

That young man was you, right?

Nod

Tell me his story. The young man's. What hopes and passions?

Why frustrated and in despair? I've been curious.

Hmmm....

아빠가 자랑스러워요!

······.

아빠~!

무슨 생각을 그리 골똘히 하세요?

응?

흠~! 한 청년을 떠올리고 있었단다.

21살의 청년. 열정과 희망을 뺏기고 절망을 떠안은 채 조국을 떠나던 청년.

하필 엄청나게 추운 겨울이었지.

62년 전, 그 청년이 배를 탔던 항구가 바로 내일 우리가 닿을 그곳이지.

그 청년이 아빠? 맞죠?

끄덕

이야길 듣고 싶어요. 그 청년에 대해서요. 어떤 희망과 열정이 있었는지······.

그리고 왜 좌절하고 절망하게 됐는지, 많이 궁금했어요.

흠~!

So long ago....
Things were very different.
Joseon was a small country in Asia.

Finally, your story has begun!

Born in a farming village, I grew up in the southern province of Jeolla and in the middle province of Chungcheong. I was a carefree child.

Attack those bandits!

When I turned 7, I was adopted by my uncle in a nearby village. It was common for children to be adopted by relatives with no children of their own. My adoptive parents were nice.

Apple, Ball, Cat, Dog, Elephant....

Philip, you read well!

Weren't you still lonely?

Hmmm.

I felt more independent than lonely.
Maybe grew up fast.

14

아주 오래 전 이야기란다!
세상이 지금과 많이 달랐지.
아시아의 작은 나라 조선 역시
지금과는 전혀 다른 모습이었어.

드디어
시작인가요?

내가 태어나고 자란 곳은 농촌이었다. 남쪽 지방인
전라도와 중부지방인 충청도의 시골 마을에서 어린
시절을 보냈지. 난 아주 개구쟁이었어.

저 산적들을
무찌르자~!

일곱 살 되던 해, 옆 마을 숙부님 댁에 양자로 입양이 되었지.
그 당시 아들이 없는 친척 집에 양자로 들어가는 일은 흔한 일이었
다. 다행히 양부모님 모두 잘 대해 주셔서 어려움 없이 자랄 수 있
었단다.

하늘 천
땅 지~

우리 재필이
제법이구나!

그래도 외롭진
않으셨나요?

글쎄다.
후후~!

외로움보다 자립심을
더 느꼈던 것 같다. 좀 일찍
철이 들었다고나 할까?

But I had to move again. My adoptive mother came from a powerful family. Her brother was a high-ranking government official in Seoul. So I was sent to his house for better education.

Oh, so you're Philip! Everyone says you are so smart!

Yes, he is! I hope you can teach him well. I trust you, Brother-in-Law.

I stayed in that house, learning Chinese, history, and Confucianism. I went to a village school, too, but mostly I studied by myself. There was little to do except to study.

So it was more like studying abroad for you!

Haha! You can say that.

Thanks to all the study, I became a government official at 18.

Wow! Awesome!

Actually, there was something else that was really great.

?

더구나 금세 난 또 거처를 옮겨야 했다. 양어머니 집안은 당시 조선의 명문가였어!
서울에 사는 외삼촌이 높은 관직에 있었는데, 양부모님은 날 그곳으로 보내셨단다.
내 공부에 유익할 거란 판단이셨지.

네가 재필이로구나.
영특하단 소문이
자자하더구나!

하하! 잘 가르쳐 주시오.
처남만 믿겠소~.

난 그 댁에서 머물며 한문과 역사와 유교 철학을 익혔다.
서당도 다녔지만 혼자서도 부지런히 책을 외우며 지냈단
다. 공부 말고는 달리 할 게 없었기 때문이었지.

이를테면 일종의
조기 유학이었던
셈이었군요.

하하!
그렇지.

덕분에 난 18세
어린 나이에 관리가
될 수 있었단다!

오~
대단해요!

진짜 대단한 일은
그게 아니었어.

?

In Seoul, I got to know a lot of people. Through them, I learned about the world out there. That was what really shaped my destiny.

Hey, Little Brother Philip. Are you there?

Are you going to stay inside on a beautiful spring day?

Hi, Big Brother! Welcome! Come on in.

Why don't you come out! Let's go outside and play. Haha!

He was 13 years older than me, but treated me like a friend.

Ok-gyun Kim (1851-1894, political reformer in late Joseon)

One spring day, I went outside with him.

He took me to a temple called 'Bongwon' outside Seoul's South Gate.

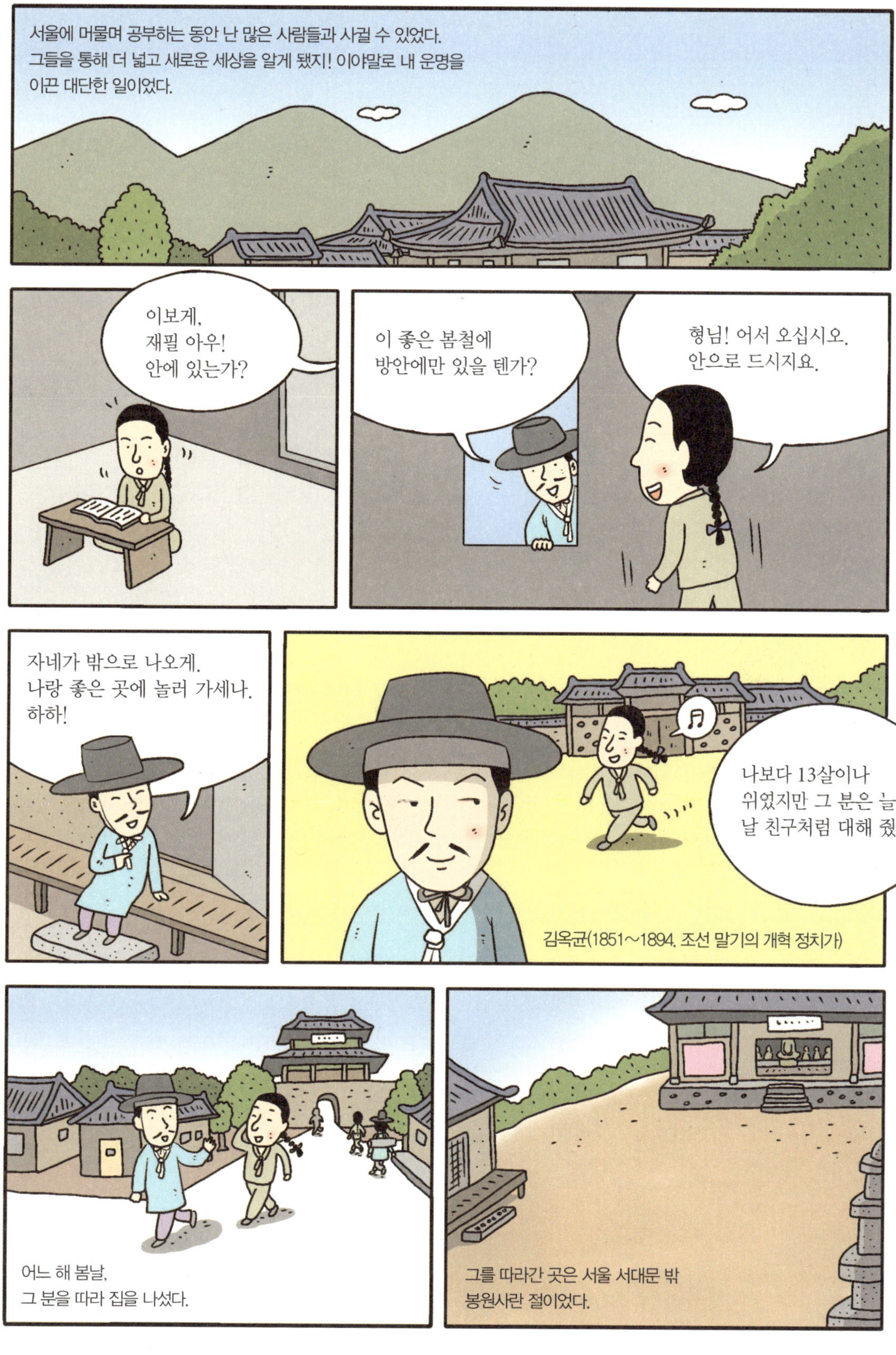
서울에 머물며 공부하는 동안 난 많은 사람들과 사귈 수 있었다. 그들을 통해 더 넓고 새로운 세상을 알게 됐지! 이야말로 내 운명을 이끈 대단한 일이었다.
이보게, 재필 아우! 안에 있는가?
이 좋은 봄철에 방안에만 있을 텐가?
형님! 어서 오십시오. 안으로 드시지요.
자네가 밖으로 나오게. 나랑 좋은 곳에 놀러 가세나. 하하!
나보다 13살이나 위였지만 그 분은 늘 날 친구처럼 대해 줬지.
김옥균(1851~1894. 조선 말기의 개혁 정치가)
어느 해 봄날, 그 분을 따라 집을 나섰다.
그를 따라간 곳은 서울 서대문 밖 봉원사란 절이었다.

Several people were already there.

I want you to meet this Buddhist monk, a friend of mine.

Hello, I'm Philip Jaisohn. Ok-gyun's little brother and disciple.

I'm Dong-in Lee. Just an errant monk, wandering around the world out of curiosity.

That day's experience was eye-opening.

Look at these pictures!

There were pictures of other countries.
Ships, trains, and military weapons.
They looked even more amazing through a kaleidoscope!

The West is really a new world!

거기엔 이미 여러 사람이 모여 있었다.

인사 드리게.
나와 가까운 스님일세!

서재필입니다!
옥균 형님께 많은
가르침을 받고 있는
후배올시다.

이동인이오!
세상이 궁금해 여기저기
쏘다니는 떠돌이 중이올시다.

그날의 경험은 매우 놀랍고 새로운 것이었다.

이 사진들을
보시지요!

세계 여러 나라 도시들의 모습과 선박, 기차 그리고 군대와 무기를 촬영한
사진들이었다. 요지경을 통해 그것들을 보니 더욱 신기하더구나!

서양은 정말
신세계로군요!

21

Western thoughts were more surprising than Western civilization.

Here is a book called *A History of the World.*

You can learn about the history and political ideas of many Western countries.

It's published in Japan, but I can kind of understand it just by reading the Chinese words in it.

萬國史記

From that day, we met regularly to study together.

Today, let's study the French Revolution that happened 90 years ago.

We gained new knowledge like world history, geography, physics, chemistry, and so on.

So the advancements in transportation and technology greatly impacted Western industries….

하지만 더 놀라웠던 건, 서양의 문명이 아닌 서양의 사상이었다.

만국사기라는 책입니다!

서양 여러 나라들의 역사와 더불어 그들의 정치사상까지 알 수 있는 책이지요.

일본에서 출간된 책이지만 한자가 많아 대강 그 뜻이 짐작되는군요!

그날 이후, 우린 정기적으로 모여 공부를 했다.

오늘은 90여 년 전 프랑스에서 일어난 정변 이야길 해 볼까 하오!

세계사, 세계지리, 물리, 화학 같은 새로운 지식 분야를 깨우칠 수 있었다.

운동수단과 기계의 발달이 서양 각국의 산업에 큰 영향을……

23

Ok-gyun Kim was the leader. Other members were Yeong-hyo Pak (1861-1939), who later became Minister of Internal Affairs; Gwang Beom Seo (1859-1897), who became Minister of Korea to the US; Yeong-sik Hong (1856-1884), who became General Manager of Korea's Postal Services; and Gil-Jun Yu (1856-1914), an education philosopher. Later, people called us "The Reformers Group."

We learned and talked about Western learning but also its political systems, social customs and culture.

I like their parliamentary system where the rights of people are represented.

A country not ruled by a king but by the will of its people! A republic! Even at a young age, I had a vague idea about where my country should be headed, all thanks to those meetings.

And that idea became my destiny. What could be greater than that!

모임을 이끌던 이는 김옥균이었다. 그 밖에 박영효(1861~1939, 내무대신 역임), 서광범(1859~1897, 주미공사 역임), 홍영식(1856~1884, 우정국 총판 역임), 유길준(1856~1914, 교육사상가) 등이 함께 했지. 훗날 사람들은 우릴 가리켜 '개화파'라 불렀다.

우리는 학문뿐 아니라 서양의 정치제도, 사회 관습과 문화에 대해서도 깊은 관심을 갖고 토론했다.

백성의 권리를 대변하는 의회제도는 본받을 점이 많다고 생각합니다!

백성의 뜻에 따라 이끌어지는 나라. 공화국! 난 그 모임을 통해 비록 어린 나이지만 우리 민족이 나아갈 방향을 어렴풋이나마 깨달을 수 있었다.

그리고 그 깨달음은 결국 내 운명이 되었지! 이보다 더 대단한 일이 있을까?

!

I'm touched, Dad!

?

A young man with knowledge, conscience and passion is sitting right in front of me!

Haha! You're good. You flatterer!

No, I really mean it. Dad, can you tell me more?

Nod

In 1892, I received the 3rd highest score on a national exam, and was hired by the royal court to handle diplomatic documents. I was welcomed by all my friends already working for the royal court, especially Ok-gyun Kim.

Philip, I knew this would happen.

Let's work together for our country. Bravo!

감동이에요. 아빠!

?

지식과 양심 그리고 열정을 품은 멋진 청년이 바로 내 앞에 앉아있어요!

하하! 너야말로 대단하구나! 이 아첨꾼.

아뇨! 진심이에요. 아빠! 이야기 더 해 주실 수 있죠?

끄덕

나는 1892년 관리를 뽑는 시험인 '과거'에 3등으로 합격했다. 외교 문서를 관리하는 일이 내가 맡은 첫 업무였다. 나보다 먼저 관직에 나가 있던 동료들은 제 일처럼 기뻐하며 날 반겼고, 김옥균 역시 날 반갑게 맞이했다.

재필 아우! 내 이리 될 줄 알았소~.

이제 우리 모두 힘을 모아 나랏일을 제대로 한번 해 봅시다. 하하하~!

After a year, I left for Japan with ten other people to study their military system.

the Port of Tokyo

We wanted to learn their military technology and strengthen our own defense system.
Many people supported us.

Philip,
learn well and lead
our military in a new direction!

We studied hard to learn how to build a military force as strong as any other country's.

After studying for a year, we returned to show the king and others what we'd learned. Very satisfied, the king asked me to train the new national military.

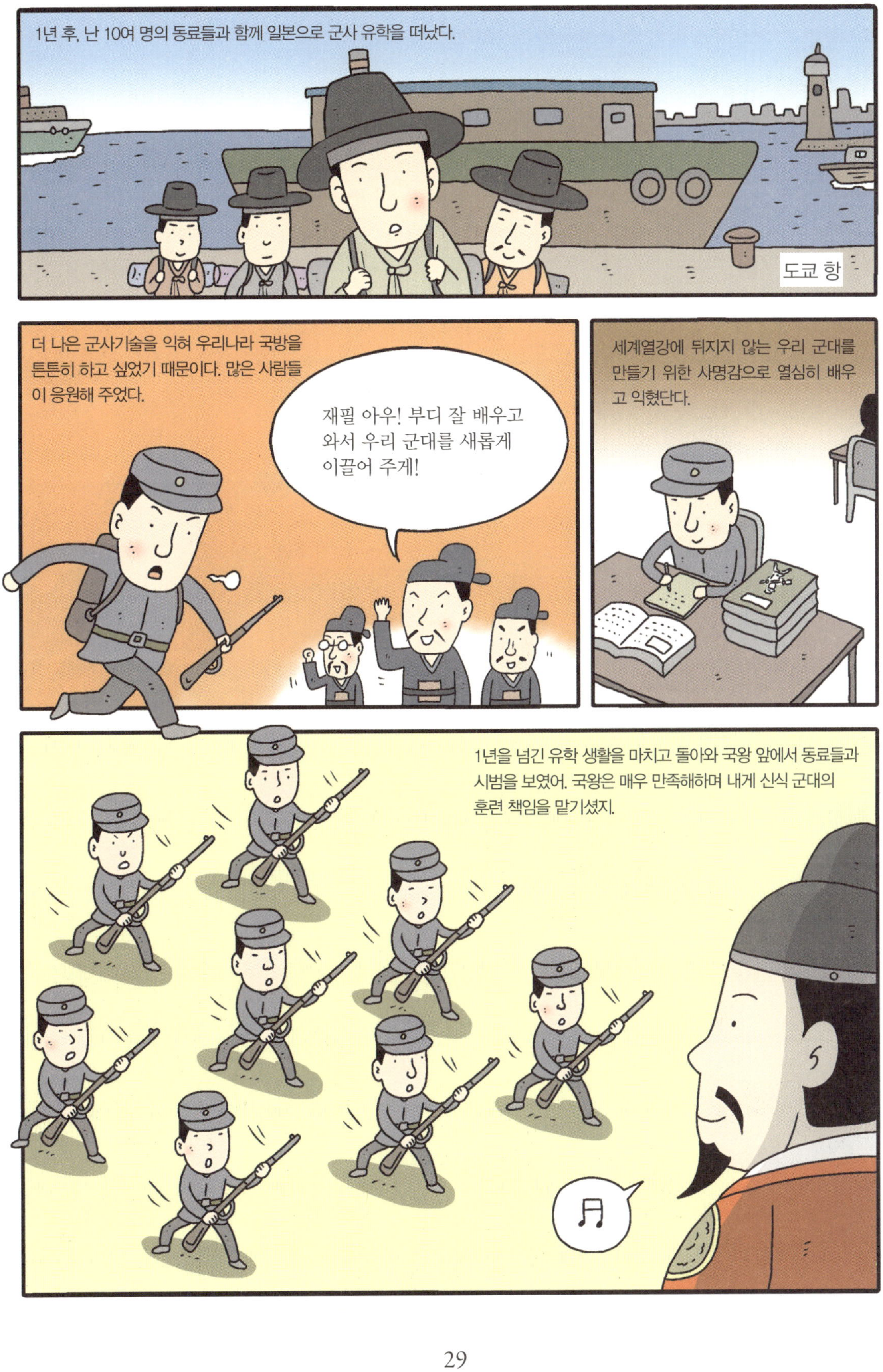
1년 후, 난 10여 명의 동료들과 함께 일본으로 군사 유학을 떠났다.
도쿄 항
더 나은 군사기술을 익혀 우리나라 국방을 튼튼히 하고 싶었기 때문이다. 많은 사람들이 응원해 주었다.
재필 아우! 부디 잘 배우고 와서 우리 군대를 새롭게 이끌어 주게!
세계열강에 뒤지지 않는 우리 군대를 만들기 위한 사명감으로 열심히 배우고 익혔단다.
1년을 넘긴 유학 생활을 마치고 돌아와 국왕 앞에서 동료들과 시범을 보였어. 국왕은 매우 만족해하며 내게 신식 군대의 훈련 책임을 맡기셨지.

But the training facilities were taken down soon.

?

Qing (old China) expressed a strong opposition.

How come?

In 1882, the year before I was sent to Japan, there was a military coup. Soldiers who did not get paid fairly became angry and exploded.

Their anger was pointed at the queen, whose family had so much power. The queen just barely escaped to save her life.

Find the Queen!

She returned to the court, guarded by the Qing military.

그런데 그 훈련소는 얼마 안 가 없어지고 말아!

?

중국(청나라)의 반대가 심했기 때문이야.

어떻게 그런 일이……?

내가 관직에 오르던 그 해(1882) 일부 군사들이 폭동(임오군란)을 일으켰지. 급료도 제대로 못 받던 하급 군사들의 분노가 폭발하고 만 거야.

그 분노는 당시 가장 큰 정치 세력이었던 왕비 일피에게 향했고, 왕비는 가까스로 도망쳐 목숨을 구했지.

왕비를 찾아라!

이때 왕비는 청의 도움으로 난을 진압하고 궁으로 돌아왔는데……

Ever since, the royal court relied heavily on Qing, from domestic affairs to diplomatic issues.

The world is in turmoil.
It is dangerous to lose your balance.

We trust your government to help us.

Qing's interference became severe, but the king and queen did not realize the danger that lurked around the corner. Even in training its military, the royal court could not do anything to upset the Qing government.

Qing is trying to isolate Joseon.

So it bothers you because you studied in Japan, huh?

Are we going to do nothing about this?

Qing wants to make us a part of their country. We need to fix this, comrades!

So....

~~~ ~~~
~~~ ~~~
~~~ ~~~

그 뒤로, 정부는 많은 부분을 청나라에 의존하게 됐지. 국내 정책은
물론 외교관계까지 청나라의 눈치를 살피게 된 것이야.

세계정세가 소용돌이치고 있습니다.
중심을 잘 잡지 못하면 위험해질 것입니다.

우리 정부는
청국만 믿을 뿐이오.

청의 간섭은 나날이 심해갔으나, 국왕과 왕비의 측근 세력들은 그 심각성을 전혀 깨닫지
못하고 있었다. 자국의 군대를 훈련시키는 일조차도 청국의 눈치를 살폈으니 말이다.

청국은 조선을 고립시킬
작정인 듯합니다!

일본 유학을 다녀온 재필 군이
많이 거슬리는 모양이지. 흥!

이대로 가만히
있을 겁니까?

청국은 우리 조선을 속국으로
삼으려는 것이오. 우리가 이 상황을
바로 잡읍시다. 동지들!

그래서……

Our goal is not to imitate Western civilization. We are here to help create a political system that respects the rights of people.

I am definitely in!

On December 4, 1884, we followed our plan carefully to stage a coup. It was the opening day of Joseon's postal services. The coup went well.

Protect the King!

Escort him to the Royal Villa!

After we safely escorted the king and the queen to the Royal Villa, we persuaded the king to arrest the officials who sided with Qing.

Receive the King's order for your arrest!

Next day, the King accepted our proposal for a new cabinet and soon announced it in front of all the foreign diplomats.

Joseon will now remove the privileges given to Qing and treat all our foreign allies equally. We expect your cooperation.

우리가 개화파로 뭉친 뜻은 서양의 기술문명을 따르자는 게 아니라, 백성의 인권을 소중히 여기는 역사의 흐름을 따르는 것인 줄 압니다.

기꺼이 동참하겠습니다.

1884년 12월 4일. 우리는 치밀하게 준비한 대로 거사를 일으켰다. 우정국 개국 축하연회가 열린 날이었다. 거사는 매우 성공적으로 진행됐다.

국왕을 호위하라!

어서 경우궁으로 모시게.

왕과 왕비를 방어에 유리한 작은 별궁으로 모시고, 우리는 국왕을 설득하여 청국과 야합한 대신들을 체포 처단하였다.

순순히 어명을 받들어라!

이튿날, 국왕은 우리의 뜻대로 새로운 정부 대신들의 명단을 발표했다. 그리고 각국 외교관을 궁으로 불러 새 정부가 구성된 것을 알렸다.

이제 조선은 청에 베풀던 특혜를 거두고 모든 나라들에게 동등한 기회를 제공할 것이오. 새 정부에 협조하길 기대하오.

35

The coup seemed completely successful. But on the 3rd day, something unexpected happened. At 3 P.M., while we were inspecting our armory, the royal court was attacked by the Qing military. We were pushed out even without a battle.

Retreat!

Philip, let's escape to the Japanese Embassy for now.

The coup collapsed on the third day.

Aaah~

Ah…!

I didn't know it then, but we made two mistakes.

?

First is not securing the support of the public, although the coup was for them.

Second is trusting Japan when they promised to protect us from Qing. We were too naive.

But our passion and hope were certainly pure and innocent.

!

거사는 성공한 듯 보였다. 하지만 3일째 되던 날, 예상치 못한 일이 벌어졌다. 오후 3시, 궁궐 무기고를 점검하던 중 청나라 군대가 궁을 습격한 것이다. 미처 손 쓸 새도 없이 우린 쫓기고 말았다.

후퇴하라!

재필 아우, 일단 일본 공사관으로 피하세!

3일 만에 거사는 실패했지!

흐흐흐흐~

아······!

그땐 몰랐지만 훗날 생각해 보니 우린 두 가지 잘못을 했더구나.

?

첫째는 백성들을 위한 거사였음에도 백성들에게 먼저 지지를 구하지 않았던 잘못이지.

둘째는 청국의 군대를 막아 주겠다던 일본의 약속을 믿은 것이다. 어리석었지.

하지만 한 가지 확실한 건, 우리의 열정과 희망은 순수했다는 것이다.

!

37

After the failed coup, we ran and ran for 7 days to reach the Incheon Port. Ok-gyun Kim, Yeong-hyo Pak, Gwang Beom Seo, and myself—we were able to board a Japanese ship, helped by a Japanese diplomat.

Even now, I cannot forget the way the Inchon Port looked that night.

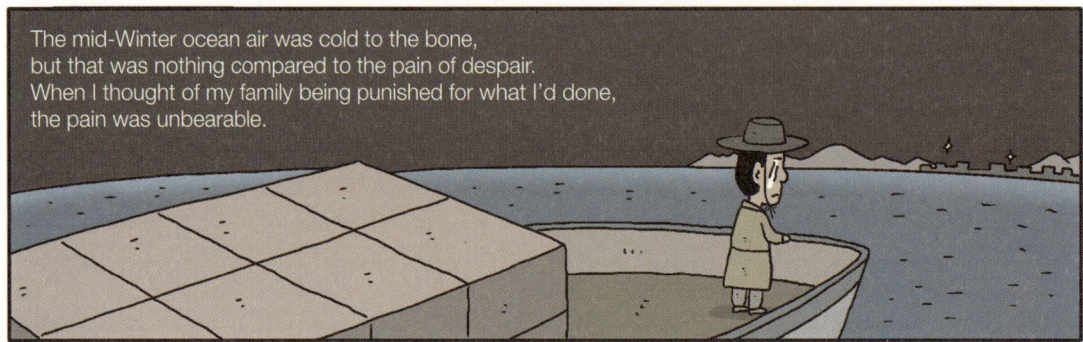

The mid-Winter ocean air was cold to the bone,
but that was nothing compared to the pain of despair.
When I thought of my family being punished for what I'd done,
the pain was unbearable.

That's how my first exile to Japan happened.
A young man of 21….

Sorry, Dad. I shouldn't have asked you to tell me such a painful story.

38

거사 실패 후, 7일 동안 쫓기다 다다른 곳은 인천항 부두였다.
김옥균, 박영효, 서광범 등 우리 일행은 일본 공사의 도움으로
일본 국적의 상선을 얻어 타게 되었다.

그날 밤 갑판에서 바라본 인천항의 모습이 지금도 잊히지 않는구나.

한겨울 바닷바람이 살을 에듯 차가웠지만
내 절망감에 비하면 아무것도 아니었다. 더구나 남겨진
가족이 겪을 불행을 생각하니 너무나 가슴이 아팠다.

그렇게 난 일본으로 첫 번째 망명을 했단다. 21살 청년 나이에……

아빠, 죄송해요! 제가 공연히 이야길 해 달라고 졸랐나 봐요.

No, there's more
I want to tell you.

Dad, you look tired…

I've wanted to tell you
this anyway.
Don't worry, Muriel.
No more sad stories.

Really?
Well, then,
please tell me.

We arrived safely in Japan. But we were miserable.
From the Nagasaki Port, where we landed, it took fifteen days to get to Tokyo.

How much
farther?

We were afraid of assassins from Joseon sent
by our enemies. So we moved in disguise. We
became fugitives guilty of treason.

?

We were not welcomed in Tokyo. Even the friends
I made while I was in Japan years ago hesitated.

Your government is asking us
to help them capture you. We'll
be in trouble if we help you
openly.

I understand.

아니다. 아직 이야기가 남았다.

아빠…… 힘드실텐데……

언젠간 꼭 들려주고 싶었다. 걱정 마라, 뮤리엘. 이제 더 이상 슬픈 이야기는 없단다.

정말요? 그럼 좀 더 들어볼까요?

일본에 도착하여 목숨은 구했으나 우리는 아주 딱한 처지였다.
배에서 내린 나가사키에서 도쿄까지 가는 데에도 거의 보름이나 걸렸다.

아직 멀었나?

조선의 반대파들이 보낸 자객들을 피하기 위해 변장을 하고 되도록 사람들 눈에 띄지 않게 움직여야 했다. 우린 반역죄를 저지른 도망자 신세였다.

?

도교에서도 우린 환영 받지 못했다. 일본 유학 시절에 친하게 지내던 벗들도 선뜻 도움주기를 주저했다.

조선 정부가 당신들을 체포해 보내라고 조르고 있어요. 공개적으로 당신들을 도우면 우리 정부가 난처해집니다.

이해합니다.

…

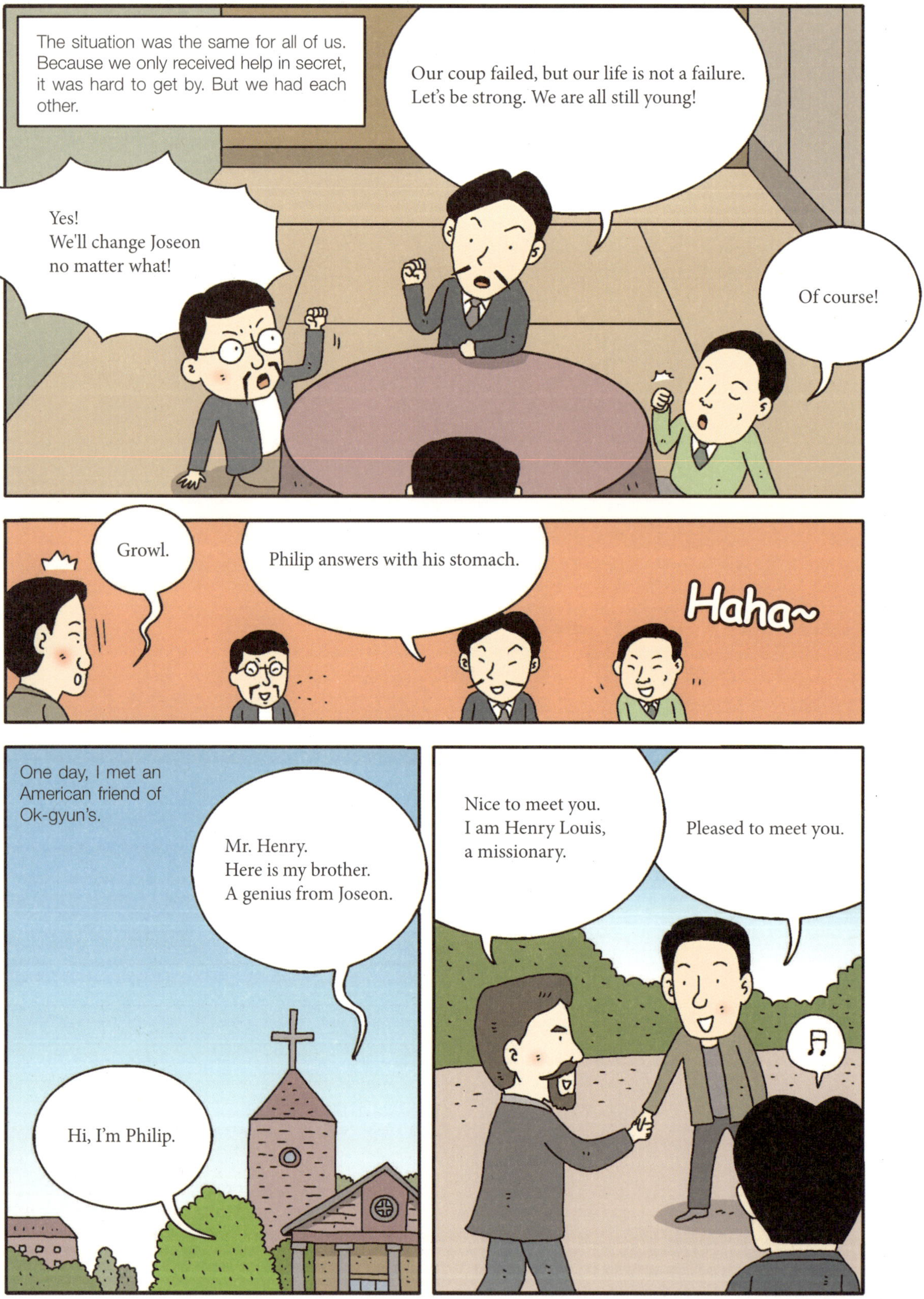
The situation was the same for all of us. Because we only received help in secret, it was hard to get by. But we had each other.
Our coup failed, but our life is not a failure. Let's be strong. We are all still young!
Yes! We'll change Joseon no matter what!
Of course!
Growl.
Philip answers with his stomach.
Haha~
One day, I met an American friend of Ok-gyun's.
Mr. Henry. Here is my brother. A genius from Joseon.
Hi, I'm Philip.
Nice to meet you. I am Henry Louis, a missionary.
Pleased to meet you.

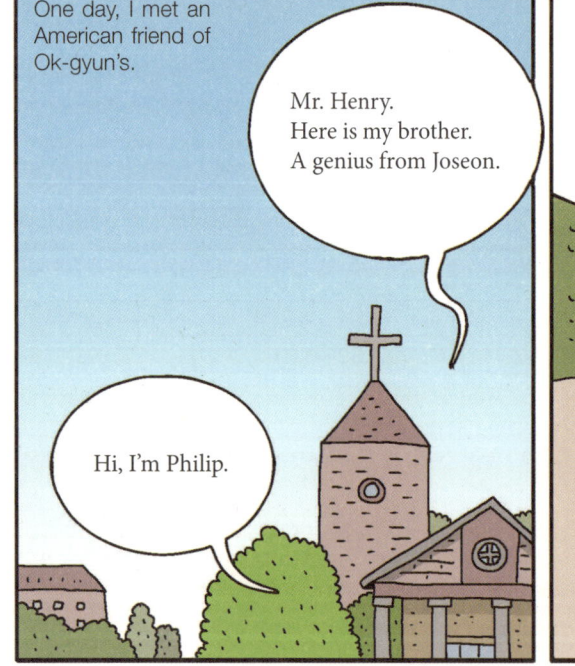

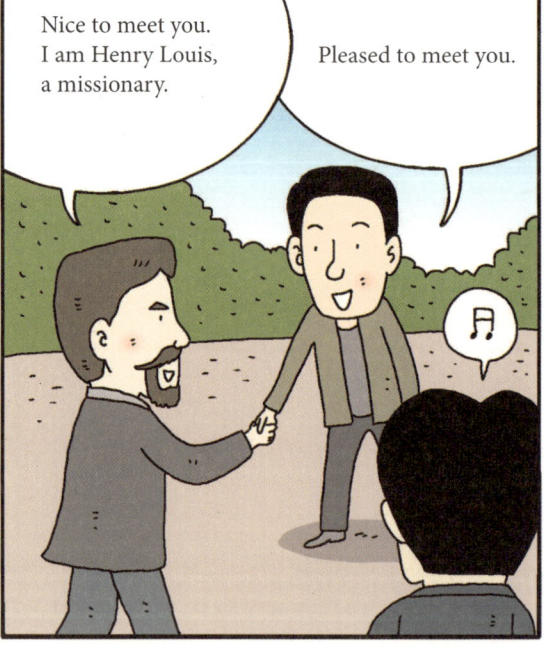

김옥균이나 다른 일행들도 마찬가지였지!
은밀한 도움만 받다 보니 생활의 여유가 없었지만
우린 함께 지내는 것만으로도 서로 큰 위로가 됐지.

거사는 실패했지만 인생을
실패한 건 아니니 힘내자.
자네들이나 나나 젊지 않은가!

당연하죠!
기필코 조선을
바꾸고 말겁니다.

아무렴요!

꼬로록~!

어?
재필 아우는 배로
대답을 하네!

하하~

그렇게 지내던 어느 날,
김옥균과 알고 지내던
한 미국인을 만나게 됐지.

미스터 헨리.
여긴 내 아우입니다.
조선의 수재이지요.

서재필입니다.

반갑습니다.
저는 헨리 루이스.
선교사입니다.

반갑습니다.

♪

We spoke in broken Japanese.

I might go to Korea for missionary work. Please teach me Korean.

Sure! I want to learn English from you. Can you teach me?

Great! I have a house in Yokohama. You can stay with me there.

Excellent! Philip, as they say, 'What's good for my sister is good for her husband.'

?

It's a Korean expression for 'One hand washes the other.'

Thank you, Mr. Henry.

Since then, I lived with Mr. Henry. It was fun to teach Korean to Christian missionaries headed to Joseon.

우린 서로 서툰 일본어로 대화를 나눴단다.

저 한국에 선교하러 갈 수도 있습니다. 제게 한국말을 가르쳐 주세요.

알겠습니다. 저는 당신에게 영어를 배우고 싶습니다. 가능할까요?

오! 좋아요. 요코하마에 저희 집이 있으니 거기에서 함께 지내요.

그게 좋겠군. 재필 아우, 이거야말로 누이 좋고 매부 좋고 딱일세!

?

모두에게 다 이롭다는 한국 속담이랍니다.

고맙습니다. 미스터 헨리.

이후로 난 미국인 선교사 헨리와 함께 지내게 됐지. 한국에 파견될 미국인 선교사들에게 한글과 한국어를 가르치는 일은 아주 즐거웠다.

가 나 다 라
ga na da ra
마 바 사

It was also fun to learn English from them.
Thanks to the learning, I could slowly read the Bible and
American newspapers and magazines.

Mr. Henry.
Is God a democrat?

Huh? God is the Creator.
Democracy must be one
of the blessings from Him.

There's no discrimination
in salvation, right?

That's right, Philip.

I was not ready to accept Christianity, but
I was interested. And I was curious about
America. I thought of studying there.

America?

I want to study, most of all.
My knowledge is too shallow
to help bring about changes to
Joseon.

I agree. I will introduce
you to people who can
help you in America.

Most of the people I talked to supported my idea.
Yeong-hyo Pak and Gwang Beom Seo wanted to go with me.

I went to American two years ago
as a diplomat. Now I can study all
I want as a civilian.

I am tired of living
in Japan. Let's go.

It's great to travel
with both of you.

그들로부터 영어를 배우는 일 또한 즐거웠다.
덕분에 난 성경과 더불어 미국의 신문과 잡지를 서툴게나마
조금씩 읽을 수 있었다.

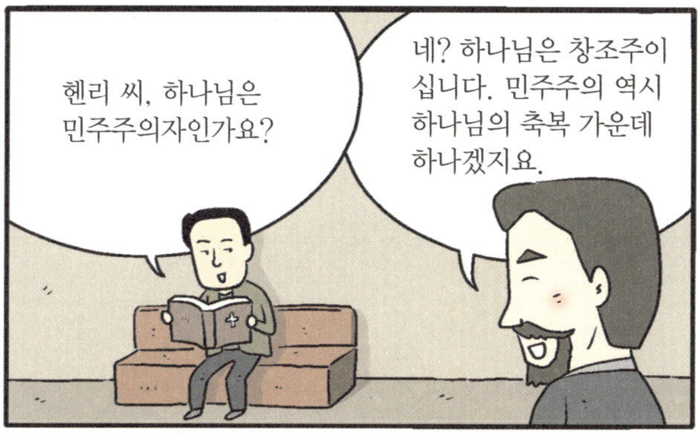
헨리 씨, 하나님은 민주주의자인가요?
네? 하나님은 창조주이십니다. 민주주의 역시 하나님의 축복 가운데 하나겠지요.

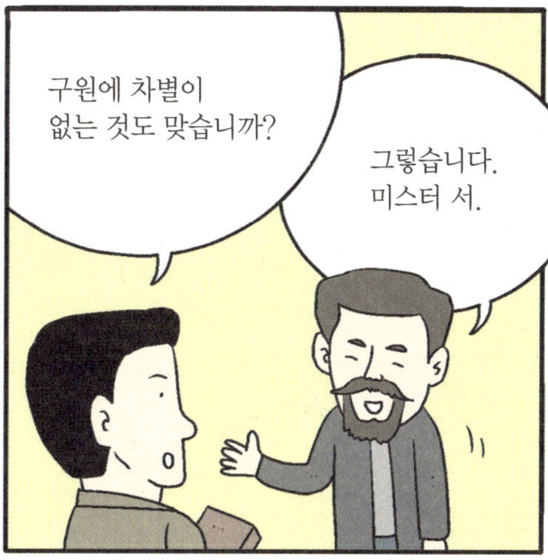
구원에 차별이 없는 것도 맞습니까?
그렇습니다. 미스터 서.

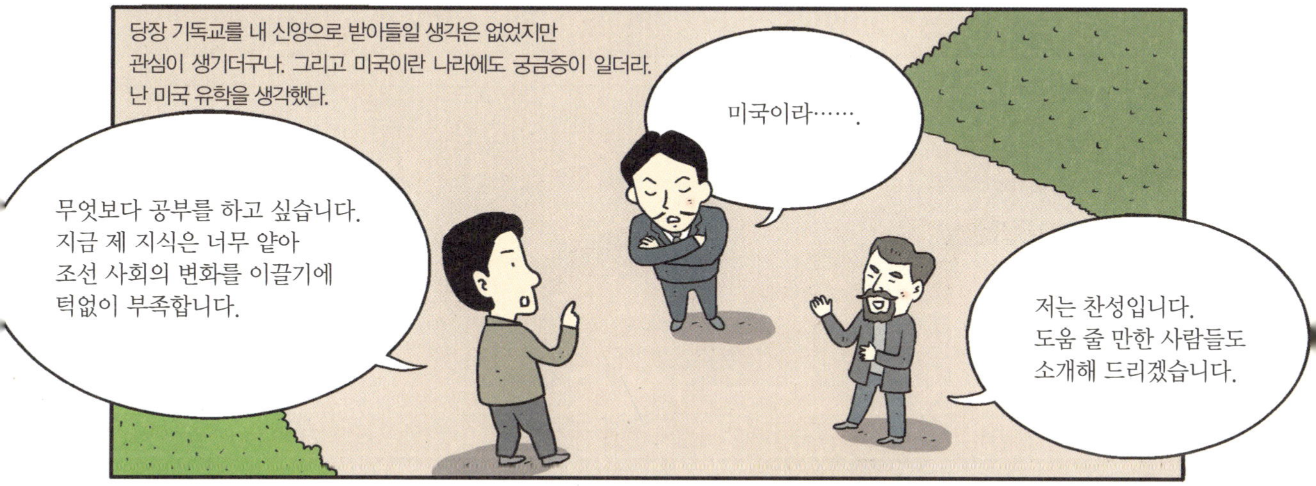
당장 기독교를 내 신앙으로 받아들일 생각은 없었지만 관심이 생기더구나. 그리고 미국이란 나라에도 궁금증이 일더라. 난 미국 유학을 생각했다.
미국이라…….
무엇보다 공부를 하고 싶습니다. 지금 제 지식은 너무 얕아 조선 사회의 변화를 이끌기에 턱없이 부족합니다.
저는 찬성입니다. 도움 줄 만한 사람들도 소개해 드리겠습니다.

주위 사람들과 상의하니 대부분 좋은 생각이라며 지지를 해 주었다.
내 결심에 박영효와 서광범도 찬성하며 같이 가자고 나섰다.

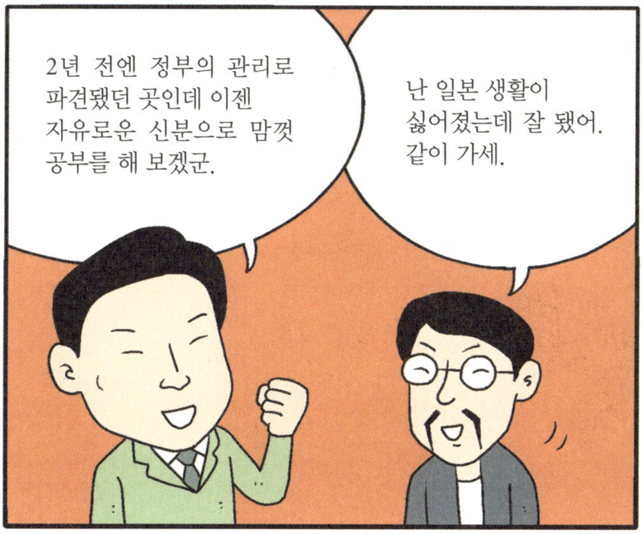
2년 전엔 정부의 관리로 파견됐던 곳인데 이젠 자유로운 신분으로 맘껏 공부를 해 보겠군.
난 일본 생활이 싫어졌는데 잘 됐어. 같이 가세.

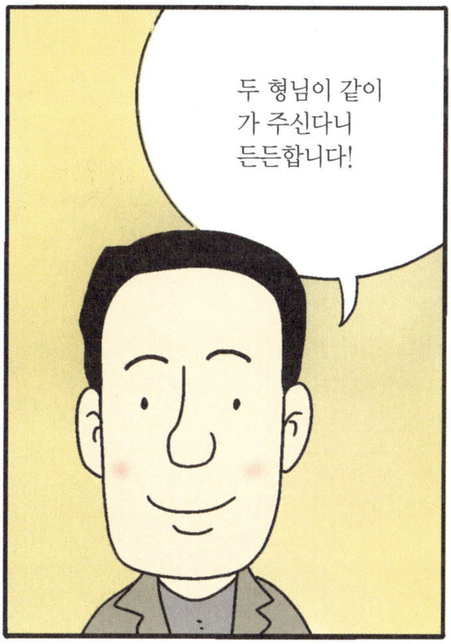
두 형님이 같이 가 주신다니 든든합니다!

June 11, 1885.
We arrived in San Francisco.
Everything was unfamiliar and alien.

We lived in a boarding house. I did okay, but Yeong-hyo, an aristocrat, and Gwang Beom, a former diplomat, had a hard time living as lonely exiles.

This is not good.
Japan is better for me.

Mr. Henry's introduction has done no good.

Shouldn't we look for work now that we've run out of money?

Work? Like what? Grrr.

What can we do here?

I'm ready for anything.

1885년 6월 11일. 우리는 샌프란시스코에 도착했다. 모든 게 낯설고 막막했다.

우리는 하숙집을 얻어 함께 생활했다.
조선의 귀족이었던 박영효와 외교관 출신인 서광범은
쓸쓸한 망명 생활을 힘들어 했지만 난 끄떡없었다.

이건 아냐.
차라리 일본이 더 나아~.

헨리의 소개장도
별 효과가 없으니
난감하군.

여비도 떨어져 가는데
일자리를 알아봐야
하지 않을까요?

일? 무슨 일?
어휴~!

우리가 여기서
무슨 일을 하겠나?

저는 무슨 일이든
할 각오가 돼 있습니다!

After about a month, I was alone in San Francisco. Gwang Beom left for New York, helped by a friendly missionary. Yeong-hyo returned to Japan. Suddenly alone, I felt overwhelmed, but I had to believe in myself and summon up my courage.

I am young and healthy. I can make reasonable decisions. America is a human society.

There's got to be something I can do. I can do it!

But it wasn't easy to find work.

Can you speak English?

Ah... eh...a little....

um, I....

Ah,

Sorry, we need fluent speakers.

No Asians hired.

......!

한 달쯤 후, 난 샌프란시스코에 홀로 남겨졌다.
서광범은 친한 선교사의 도움으로 뉴욕으로 거처를 옮겼고,
박영효는 다시 일본으로 돌아갔다. 갑자기 혼자가 되니
더욱 막막했지만 난 스스로를 믿고 용기를 내야만 했다.

난 젊고 건강하고 이성적인
판단력을 가진 인간이다.
미국도 인간사회다.

내가 할 일이
왜 없겠나?
부딪혀보자.
난 할 수 있다!

영어를 잘하나요?

아 조금······.

MENU

더듬
더듬

어느 사무실.

미안하지만
말이 안 통하면
곤란해요~.

어느 옷가게 앞.

아시아인은
채용 안 합니다~.

······.

One day, I saw a 'Help Wanted' sign at a furniture store.

!

The store owner asked the same question.

"You speak English, right?"

Smile

Not really.
But I'm strong.

OK!
I like your courage and strength. You're hired!

My first job was to hand out advertisement flyers.

Soon I became a good worker.

My workers typically walk 5 miles per day. But you walk 10 miles. Were you a marathon runner?

No,
I am just doing my best.

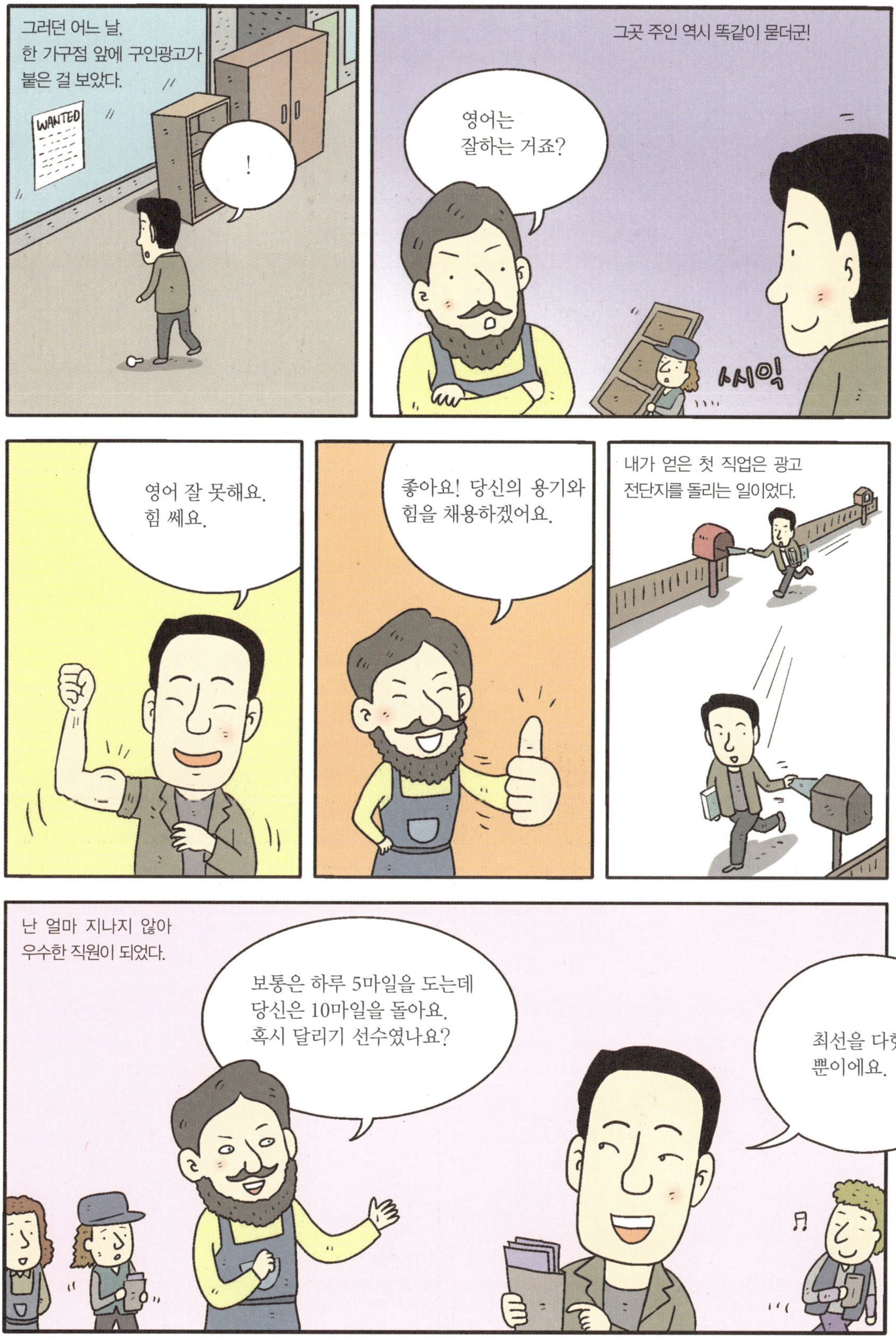
그러던 어느 날,
한 가구점 앞에 구인광고가
붙은 걸 보았다.
WANTED
!
그곳 주인 역시 똑같이 묻더군!
영어는
잘하는 거죠?
씨익
영어 잘 못해요.
힘 세요.
좋아요! 당신의 용기와
힘을 채용하겠어요.
내가 얻은 첫 직업은 광고
전단지를 돌리는 일이었다.
난 얼마 지나지 않아
우수한 직원이 되었다.
보통은 하루 5마일을 도는데
당신은 10마일을 돌아요.
혹시 달리기 선수였나요?
최선을 다했을
뿐이에요.

After work, I went to evening school.

The school was run by YMCA. Eagerly I studied English.

After a year, I was accepted into a high school. All thanks to a patron who got to know me through my church pastor.

Once you graduate from high school, I promise to support your college education as well. How would you like to become a US citizen?

A great idea! How about it, Philip?

I've never thought about it. And I have work to do after I return to Korea.

I want to live as a Korean.

I see. I understand.

Nod

일하는 시간이 끝나면 야간학교에 갔다.

기독교청년회에서 운영하는 학교였다.
그곳에서 난 열심히 영어 공부를 했다.

그렇게 1년이 흘렀고, 난 정식으로 고등학교에
입학을 하게 됐다. 내가 다니던 교회 목사님이
소개해 준 후원자 덕분이었다.

고등학교를 마치면 대학도
다니도록 후원을 약속하지.
그런데 미국으로 귀화할
생각은 없나?

참 좋은 생각입니다.
어떤가요? 미스터 서.

국적을 바꾼다는 건
생각하지 못한 일입니다.
언젠간 조국에 돌아가
해야 할 일도 있습니다.

저는 코리언으로
살고 싶습니다.

알겠네.
이해하네.

끄덕 끄덕

In September 1886,
I entered Harry Hillman Academy in Pennsylvania.
I was very lucky to live with the principal's family.

Welcome to the family, young man!

Ah,
to feel like part of a family!

At his home, I learned a great deal about American culture and history.

America is a land of freedom and opportunity.

Finally, I decided to become a US citizen.

When I work for my motherland later, my US citizenship can come in handy, giving me safety.

I adopted an American name, too. Philip Jaisohn. My Korean name pronounced backward.

Philip Jaisohn

In June 1888, I became the first Korean to become a naturalized US citizen. Thus settled, I finished high school in three years. At graduation, I even gave a speech on behalf of the graduates.

1886년 9월. 난 펜실베이니아에 있는 해리 힐맨 아카데미에 입학을 했지.
교장 선생님의 사택에서 살게 된 건 내게 큰 행운이었다.

새 식구가 된 걸
환영하오! 젊은이!

가족! 아~
얼마 만에 느껴 보는
분위기인가…….

그분 댁에서 난 미국의 역사와 문화를
제대로 익힐 수 있었다.

미국은 자유와
기회의 땅이라네~.

그리고 마침내
미국 귀화를 결심했다.

조국을 위한 봉사를 할 때
미국 국적이 더 효과적이고
안전할 수도 있어.

내 영어 이름도 정했다. 필립 제이슨. 서재필을
거꾸로 발음한 것이다.

Philip
Jaisohn

1888년 6월, 나는 미국 시민권을 가진 최초의 한국인이 되었다.
그렇게 안정된 분위기에서 난 4년 과정을 3년 만에 마치고 졸업을 하게 됐다.
졸업식 날, 졸업생 대표로 연설을 한 학생은 바로 나였다.

You are a lucky man!

Not yet.

I got lucky only once.
I will talk about that later.

After graduation, my patron came to see me.
He wanted me to go a seminary to become a pastor.

I want to send you back to Korea to spread Christianity.

Mr. Hollenbeck, I am not interested in missionary work.

Mr. Hollenbeck threatened to end his support if I did not go to a seminary. I still could not accept his suggestion.

I'm not ready to decide on my future. Thank you so much for all the help you have given me so far.

. . .

Oh, well, I'm sorry to hear it. Good luck, nonetheless! Now that you're a US citizen, I trust you will do fine in America by yourself.

Sorry, Mr. Hollenbeck.

아빠 정말 행운의 사나이로군요.

아직은 아냐.

내게 행운은 딱 한 번뿐이었어. 그 이야긴 잠시 뒤에 나오니 기다리렴.

졸업을 하자 후원자가 찾아왔다. 그는 내게 신학대학을 권했고 내가 목사가 되길 원했다.

자네에게 한국 선교를 맡기고 싶네.

제 뜻은 종교인이 아닙니다. 홀렌백 씨.

홀렌백 씨는 내가 신학대학을 가지 않으면 후원을 끊겠다고 했다. 하지만 난 그 제안을 받아들일 수 없었다.

제 미래를 지금 결정하지 않겠습니다. 그동안 도움 주신 것에 대해 진심으로 감사드립니다.

...

아쉽지만 어쩔 수 없군. 행운을 빌겠네. 자넨 이제 미국인이니 얼마든지 스스로 헤쳐 나갈 수 있으리라 믿겠네.

죄송합니다. 홀렌백 씨.

I was already admitted to Lafayette College, so I made a cold call to the professor in charge of freshmen.

Professor Hart, I am unable to pay the tuition. Is there anything I can do?

Hmmm. Let me see.

Why don't you live with me and help me around the house?

Then your room and board will be taken care of. And you can find a job to pay your tuition.

I thought that was a good idea but soon realized that the reality was not that easy. Construction work was not enough to pay the tuition.

Then I left Philadelphia and went to Washington, DC, to meet Mr. Otis, a curator at the Smithsonian Museum. I had a letter of introduction from a professor I met in high school.

Oh, my! So huge!

입학 허가를 받아 놓은 라파예트 대학에 무작정 찾아가
신입생 담당교수를 만나 상담을 했지.

하트 교수님, 후원이
끊겨 등록금을 낼 수가
없습니다. 다른 방법이
없을까요?

음……. 글쎄요.

제안을 하나 할까요?
우리 집에 살면서
허드렛일을 도와줘요.

그럼 숙식이 해결되니
일자리를 구해 등록금을
모아 보는 게 어때요?

좋은 방법이라 여겼으나 현실은 만만치 않았다.
공사장 막일로는 등록금을 모을 수가 없었다.

나는 필라델피아를 떠나 워싱턴으로 갔다. 스미소니언 박물관 큐레이터인
오티스 씨를 만나기 위해서였지. 내겐 고교 시절 만난 어느 교수로부터
받은 소개장이 있었다.

어마어마한 크기로군!

I did want to be introduced to an Asian, but only for part time work.

...

So I worked part-time for a month. My job was to help evaluate antique items from China, Japan, and Korea.

OK~

Then I went to the White House with another letter of introduction.

The White House? Really?

To meet the President?

Oh, I wanted to.

But the letter was to Mr. Hendley, personal secretary to President Cleveland.

So, why do you want to see the President?

I need a job, Mr. Hendley.

You should've gone to an employment service, not the White House.

내가 아시아인을 소개 받길
원한 건 사실이에요.
하지만 필립 씨,
정식 직원이 될 순 없습니다.

……

난 시간제 직원이 되어 한 달 동안 박물관에서
일을 했어. 중국 일본 한국에서 온 골동품들을
감정하는 일을 거들었지.

OK~

그리고 또 하나의
소개장을 들고
백악관엘 갔다.

백악관?
정말요?

설마 대통령을……?

그러려고 했지.
흐흐!

하지만…….
클리블랜드 대통령의
개인 비서인 헨들리 씨를
소개받은 거란다.

대통령을 만나고
싶다고요? 왜죠?

일자리가
필요합니다.
헨들리 씨.

이봐요, 그렇다면
직업소개소를 가야지요~.
여긴 백악관이라고요.

I want a stable job in the government. Isn't the President the boss of the government?

Well… That's a….

Ugh…

Eh~

Mr. Hendley kindly told me about the civil service exams.

So I took an exam a week later and passed it.

Oh, God! Thank you! Thank you!

?

But no news came about any job in the government.

When will I start working for the government?

So I kept working as a janitor and washed windows to eke out a living.

Then, Mr. Otis at the Museum gave me mixed news.

Hey, Philip. A government job opens up only when there is a vacancy. You have to wait a while.

Oh, I am disappointed.

But

there are special cases.

What?

저는 정부에 소속된 안정된 직업을 원합니다. 정부의 보스는 대통령 아닌가요?

아! 그…… 그건…….

휴~.

꾸~

헨들리 씨는 친절하게도 내게 국가공무원 자격시험 제도를 알려 주었다.

난 일주일 후 시험을 치렀고, 당당히 합격증을 손에 쥐었다.

오 하나님~! 감사합니다! 감사합니다!!

그런데 아무리 기다려도 아무데서도 연락이 없더구나.

도대체 공무원 발령은 언제 나는 거지?

난 그동안에도 생활비를 벌기 위해 건물 청소와 유리창 닦는 일을 해야 했다.

그때, 박물관의 오티스 씨가 실망과 희망이 반반인 새로운 정보를 알려 주더구나.

필립. 공무원 발령은 빈자리가 생겨야만 가능해. 오래 기다려야 한다고~.

실망스럽군요.

하지만 ……

특별 채용이라는 게 있지.

네?

Mr. Otis told me about the Army Surgeon General's Library looking for someone to translate Chinese and Japanese. I was the man!

I studied Chinese from early childhood, and Japanese while I studied in Japan and later during my exile there. I also passed the civil service exam.

God sent us an angel! Welcome, Philip!

After a brief test, I soon became a library clerk, the first public servant of Korean descent! I also started attending Columbia Medical College's evening classes. That was September 1889.

During the day at the library, I translated Chinese and Japanese medical books into English. And at night, I studied at the medical school. But I never felt tired.

오티스 씨는 나에게 육군 군의참모부 도서관에서 중국어와 일본어 번역관을 찾고 있다는 정보를 주었다. 나는 그 일에 딱 맞는 인물이었다.

중국 문자는 어릴 때부터 익혔고, 일본어는 유학과 망명 시절에 충분히 익힌 바 있습니다. 물론 미 공무원 자격증도 있지요.

하나님께서 천사를 보내주셨군요. 반갑습니다, 필립 씨.

간단한 테스트를 거친 뒤, 나는 곧바로 도서관 직원이 됐다. 한국인 최초로 미국 공무원이 된 것이다. 그리고 난 콜롬비아 의대 야간부에 입학을 했다.

낮에는 도서관에서 중국과 일본의 의학 서적들을 영어로 번역하고, 밤엔 대학에서 의학 공부를 했지만 전혀 힘든 줄 몰랐다.

That's odd.

A young man so into democracy chose medicine over political science or law?

Maybe it was what God wanted.

I declined support for going to a seminary, wanting to go to a law school. But life can sometimes throw a curveball. My work of translating medical books at the library led to my interest in medicine.

Medicine is a new world! So amazing!

I finished college in 1893 and became a medical doctor after a year of internship.

And I was getting ready to receive another blessing from God.

!

뜻밖이에요.

민주주의에 빠진 청년이 정치학이나 법학이 아닌 의학을 선택했다니.

하나님의 섭리가 아닐까?

후원까지 포기하며 신학대를 거부하고 법대를 가려 했지만,
삶이 내 의지대로 되는 건 아니더구나. 의학에 관심을 가지게 된 건
의학 서적을 번역하는 도서관 일이 계기가 되었다.

의학은 또 다른 신세계로군!
이렇게 심오할 줄이야!

1893년 대학을 마치고 1년 동안 수련의를 거친 뒤, 난 정식으로 의사가 되었다.

그리고……
하나님으로부터 또 다른 은혜를 받을 준비를 하고 있었지.

!

In 1894, ten years after leaving my motherland, I was already 31 years old. A miserable exile became a US citizen and now a medical doctor with an office in Washington, DC.

Dr. Philip. J.

I lived in a hotel in DC.

Good day, Dr. Jaisohn!

Hello, it sure is a good day to see my patients!

My clinic did not prosper, but I was satisfied with my work of taking care of patients.

Morning, Doctor Jaisohn!

Hello, Mrs. White!

This is my daughter.

Oh, I've seen you from a distance a few times. Let me introduce myself. I am Philip Jaisohn.

How do you do? Muriel Armstrong.

1894년. 조국을 떠난 지 10년, 청년은 어느덧 31세가 되었다. 처량한 망명객은 미국 시민이 되었고, 이제 워싱턴에 병원을 개업한 의사가 돼 있었다.

Dr. Phili P. J.

워싱턴의 한 호텔을 숙소로 삼고 지내던 때였다.

필립 선생님! 좋은 아침입니다.

네. 진료하기 딱 좋은 날씨로군요~.

병원은 그리 잘 되지 않았으나 난 만족했고 환자를 보살피는 일에 큰 보람을 느끼며 살았다.

안녕하세요. 필립 선생님?

아, 화이트 부인! 산책 다녀오시는군요?

제 딸이랍니다~.

아~! 먼발치에서 몇 번 뵈었는데……. 정식으로 인사드리죠. 저는 필립 제이슨입니다!

안녕하세요? 뮤리엘 암스트롱입니다!

We liked each other.
So I asked her out.

I came to see my mother who just got remarried.

It's no coincidence that we are staying at the same hotel.

What is it then?

I believe it's God's will.

June 20, 1894.
We got married in a church in DC.

Marrying your mother was the once-in-a-lifetime luck that I mentioned a short while ago.

I see!

Thank you for naming me after my mom.

우리는 서로에게 호감을 느꼈다.
난 그녀와 사귀게 되었다.

재혼하신 어머니를 뵈러 워싱턴에 온 거예요~.

이 넓은 워싱턴에서 우리가 같은 호텔에 묵게 된 건, 우연이 아니라고 봐요!

그럼, 뭐죠?

신의 뜻이겠죠!

1894년 6월 20일. 우리는 워싱턴의 한 교회에서 결혼식을 올렸다.

아까 말한 내 인생 단 한 번의 행운은 바로 너희 엄마를 아내로 맞이한 것이란다!

그렇군요!

엄마의 이름을 물려 주셔서 고마워요, 아빠!

Mom could've been with us, had she not died 6 years ago......

I remember a similar trip 52 years ago with your mom.

I spent the Christmas of 1895 on the same ocean with your mom. It was also a day before we landed at Incheon.

The waves are rough.

Winter seas tend to be that way. Sorry, honey!

You must be very tired. I am bringing you to a strange place. I don't know if I am doing the right thing.

Don't worry. You are doing the right thing for you and your motherland.

Thank you, honey. I love you!

I love you, too. Merry Christmas!

Merry Christmas, Muriel!

6년 전, 엄마가 돌아가시지 않았다면 함께 이 배를 탔을 텐데…….

52년 전 이 뱃길을 너희 엄마와 같이 여행했던 생각이 나는구나!

1895년 크리스마스를 바로 이 바다에서 너희 엄마와 보냈다. 그때도 인천 항에 도착하기 딱 하루 전이었지.

파도가 꽤 거칠어요.

겨울바다는 좀 그런 편이지! 미안해, 여보!

많이 힘들지? 갑자기 낯선 곳으로 당신을 데려오다니……. 잘한 결정인지 아직도 걱정이 돼.

아니에요! 당신은 당신과 당신 조국을 위해 아주 훌륭한 결정을 하신 거예요.

정말 고마워, 여보! 사랑해~.

저도요!! 메리 크리스마스~.

메리 크리스마스, 뮤리엘!

The year I got married, Joseon was filled with passion for political reform. Farmers rose up against the incompetent government and greedy local officials.

The government could not stop the uprising alone. So it relied on Qing and Japan to quell the uprising. But the ill effects of it were severe. Japan, after winning the war against Qing, revealed its ambition to rule over Joseon.

Grrr....

We'll help Joseon from now on.

Russia and France did not want Japan to expand its power. So along with Germany, they blocked Japan. Seeing all this, the Joseon government realized the importance of diplomacy and an independent political reform.

We have to be strong!

The king created a new cabinet with people from the old Reformer group, and I was also needed. So Yeong-hyo Pak came to the US to talk to me.

You haven't forgotten our dream, right?

Now is the time!

내가 결혼하던 해, 조선 땅은 개혁의 열기로 들끓고 있었다.
무능한 정부와 탐욕스런 지방 수령에 맞서 농민들이 봉기를 했던 것이다.

스스로의 힘으로 봉기를 막을 수 없었던 정부는 청국과 일본의 힘을 빌려 그 봉기를 진압했다. 그러나 그 후유증은 매우 컸다. 청일전쟁에서 승리한 일본이 조선을 지배할 야심을 드러낸 것이다.

이제부턴 우리가 조선을 돕겠소.

끙!

하지만 일본의 세력이 확대되는 것을 원치 않던 러시아가 프랑스와 독일을 끌어들여 일본을 막았다. 이를 지켜 본 정부는 외교의 중요성과 더불어 자주적인 정치 개혁이 필요하단 걸 알게 됐다.

스스로 강해져야 한다!

국왕은 예전 개화파 사람들로 새 내각을 구성했고, 그 새 내각이 나를 필요로 했다. 예전 동지 박영효가 미국까지 날 찾아 왔단다!

우리가 꿈꾸던 개혁을 잊었나?

…

지금이야말로 기회일세!

In the comfort of my sweet honeymoon, my sense of duty to my motherland took a back seat. But it all swirled back to me.

Still I hesitated.

It was your mom who gave me courage.

I did not marry a medical doctor. I was attracted to a young man who passionately loved his motherland.

Oh, my sweetheart!

My motherland was still in bad shape. I became an advisor to the King's Council, but the king stayed in the Russian Embassy and did little to work on reforming the political system.

Your majesty. Please return to your palace. The public opinion is turning negative.

You are clueless because you'd been away for so long. Leave me alone.

Frustrated, I thought of returning to the US. But I could not ignore the people's hope for a reform.

That's it! I will create a newspaper. Let people know the world, and let the world get to know Joseon!

신혼의 달콤함과 안정적인 생활 덕에 잠시 밀려나 있던 조국에 대한 사명감이 다시 깨어나는 걸 느꼈다.

그러나 망설이지 않을 수 없었다.

그런 내게 용기를 준 건 내 아내 뮤리엘이었다.

난 의사와 결혼한 게 아니에요. 조국에 대한 열정을 품은 멋진 청년에게 반했던 것이죠.

여보……!

10여 년 만에 돌아온 조국의 사정은 그리 좋지 않았다. 중추원(왕실에 대한 자문을 하는 행정기관) 고문에 임명되었지만 국왕은 러시아 공관에 기거하며(아관파천) 개혁에 그리 적극적이지 않았다.

국왕 전하! 궁으로 가시지요. 백성들의 여론이 좋지 않습니다.

그대가 미국에서 오래 살아 이곳 사정을 몰라 하는 소리요. 그만 물러가시오~.

실망감에 빠진 난 다시 미국으로 돌아갈 생각까지 했다. 그러나 개혁을 바라는 백성들의 희망을 모른 체할 순 없는 일이었다.

그래! 신문을 만드는 거야. 국민들에게 세상을 알리고 세상에 조선을 알리자!

Luckily, high-ranking officials of the government agreed with me. They funded the publication of a newspaper called *The Independent*, with its first issue in April, 1896. It was hugely successful.

I can see what's going on in the country!

Not just the country but outside as well! Wow!!!

My goal was to let the government and people 'talk' to each other.

The government needs to know the reality of people, and people need to know what the government is doing.

Education seemed to be the best way for the government and people to know each other. So once a week, I lectured at the Baejae School, the first modern school in Korea.

Today, let me talk about the world politics surrounding Joseon.

In July, I created 'The Independence Club,' the first socio-political group in Korea whose members included young intellectuals and government officials interested in democratic ideas.

The Independence Club! Foreign powers attempting to rule over our country must be alarmed.

Let me see. What does it do?

다행히 정부 대신들 생각이 나와 같아서 보조금을 지원 받아 신문을 내게 되었다. 독립신문! 1896년 4월, 첫 선을 보인 신문은 대성공이었다.

이제야 나랏일이 훤히 보이는구먼!

어디 나랏일 뿐인가? 나라 밖 일도 다 보이네. 하하~!

내 목표는 국민과 정부와의 '소통'이었다.

정부는 백성들의 현실을 알아야 하고, 백성들은 정부의 목적을 알아야 한다.

그리고 정부와 국민이 서로를 제대로 알기 위해서는 교육이 필요하다고 생각했다. 난 일주일에 한 번씩 배제학당(한국 최초의 근대적 사립학교)에 나가 강의를 했다.

오늘은 조선을 둘러싼 세계정세에 대해 말씀 드리죠~.

그해 7월, 나는 젊은 지식인들 그리고 민주주의 사상에 호감을 가진 일부 정부 관리들과 함께 단체를 만들었다. '독립협회'. 한국 최초로 세워진 사회정치 단체였다.

독립협회라! 그래, 우리나라를 넘보는 세력들이 뜨끔하겠군.

어디 보세~. 무슨 일을 한다는 거지?

My first proposal to the king was the building of the Independence Gate.

Demolish the gate to welcome Qing's diplomats and build a new gate called 'The Independence Gate' on the same site?

Yes, your majesty.

It's to commemorate the removal of Qing's interference with our internal affairs

and to announce to Japan and Europe that we are an independent nation.

The proposal from Dr. Jaisohn and the Independence Club is good.

Upon the King's approval, we publicized the project widely through the newspaper. Many people from around the country started sending money to support the project. In November, we started the construction of the gate.

Good riddance!

I'd say!

내가 독립협회 고문으로서 처음 제안한 사업은 독립문 건축이었다.

중국 사신을 영접하던 영은문을 허물고 그 자리에 독립문을 세운다?

예. 폐하!

중국의 내정간섭을 물리친 것을 기념할 뿐 아니라……

일본과 유럽 열강들에게 우리나라가 자주독립국임을 널리 알리자는 뜻이라 하옵니다.

서재필과 독립협회의 이 제안은 쓸 만하군.

국왕의 허락을 받은 우리는 이 사업을 독립신문을 통해 널리 알렸다.
그러자 전국 각지에서 국민들의 성금이 쏟아졌다. 11월 영은문을 부수고 드디어 독립문을 세우는 공사가 시작됐다.

迎恩門

내 속이 다 후련하네~.

내 말이…….

A year after, the Independence Gate was completed. I was so moved.

Soon I organized a gathering of people for free discussion. The Independence Club sponsored it, and we advertised it in the *Independent Newspaper*. Called "People's Joint Association," it was another great success when it first met in March, 1898.

Numerous mines are sold cheaply to Russia. That's not right, people!

Agreed!

Of course, not everyone supported my activities.

This country belongs to the King. His subjects should not dare tell him what to do.

People own the country. How can you have a nation without its people?

If the ruler loses the support of the public, the country can be lost.

I tried to persuade people, but there were times when it didn't work at all.

Disloyal to the King! Disloyal!

이듬해 11월. 1년에 걸친 공사 끝에 독립문이 완공된 걸 봤을 땐, 정말이지 감동스러웠다.

이어서 난 국민들이 모여 자유롭게 토론할 수 있는 집회를 열었다. 독립협회가 주최하기로 하고, 독립신문을 통해 이 집회를 알렸다. '만민 공동회'. 이 역시 대성공이었다. 1898년 3월 첫 집회가 열렸다.

러시아에 헐값으로 팔리는 광산들이 수두룩합니다. 이거 문제입니다. 여러분!

옳소!

물론 모든 사람이 내 활동을 지지하진 않았다.

이 나라의 주인은 국왕이오! 왕께서 하시는 일에 감히 이래라 저래라 하는 건 백성의 도리가 아니란 말이오.

나라의 주인은 국민입니다! 국민이 없다면 나라가 있겠습니까?

나라를 다스리는 사람이 민심을 얻지 못하면 다스릴 나라를 잃을 수도 있는 겁니다.

난 사람들을 설득시키기도 했지만 영 말이 안 통하는 경우도 많았다.

불충이야! 불충!!

85

That didn't stop me.
I insisted on creating a national congress.

We need to get people involved in political affairs.

We need a national congress to protect the country from foreign powers and protect the rights of people.

Hearing this, the King began to suspect me and the Independence Club.

No one can challenge my authority.

I rule the country along with my cabinet members. Why need a national congress?

Some ministers warned me to be careful.

Dr. Jaisohn, bad timing to start a national congress. Why not give up the idea?

Joseon changed its name to Korean Empire in 1897, and the king changed his title to 'emperor,' all to be on an equal footing with other countries of the world.

Shouldn't we then change our political system?

The imperial family suspected and disliked me. Russia and Japan passionately criticized me, too.

Dr. Jaisohn is an American.

Deport him!

난 멈추지 않았다.
나는 사람들에게 의회를 만들어야 한다고 주장했다.

국민이 직접
정치에 참여하는 길을
열어야 해요.

외세로부터 나라를
지키고 국민의 권리를
키우기 위해 의회가
필요합니다.

독립협회

국왕은 이 사실을 보고받고
나와 독립협회를 의심하기 시작했지.

황실의 권한을
넘보는 건
용납할 수 없소.

나라를 다스리는
내가 있고, 대신들이
있는데 의회라니요!

내게 조심하라고 일러 주는
대신들도 있었다.

서 주필님, 의회 설립은 시기가
아닌 듯합니다.
그냥 접으시는 게…….

조선은 1897년 대한제국으로
국호를 바꾸었고 왕은 황제가
되셨습니다. 세계열강과 동등하게
맞서 보자는 취지였지요.

그렇다면 실제 정치제도도
바꾸어야 하는 게 옳지 않습니까?

나를 의심하고 못마땅하게 보는 건 황실만이
아니었다. 러시아나 일본도 나를 비판하기에
열을 올렸다.

서재필은
미국인이다~.

추방시켜야 해!

I was fired from the King's Council, and the royal family soon ordered my deportation.

I'm upset your government does not appreciate your work.

Nothing I can do. It's just too bad.

In May, 1898, I returned to America.

Only your mom and I traveled to Korea, but on the way back, there were four of us.

?

Four?

Yes, you were in your mom's tummy. Haha!

And we're returning to Korea 50 years later….

It's been a long time!

이미 중추원 고문에서 해임된 상태였던
나는 결국 황실의 추방 명령까지 받았다.

…

당신의 진심을 몰라 주는
정부가 야속해요.

할 수 없지요!
아쉽지만 ……
방법이 없구려.

1898년 5월 다시 난 미국으로 돌아왔다.

한국으로 갈 땐 아내와 둘이었지만
돌아올 땐 넷이 함께였다.

?

넷이라고요?

그래. 네가 엄마
뱃속에 있었거든~.
하하.

그러고는
50년 만에……
한국행이라니~!

참 긴 세월이
흘렀지.

89

A lot happened in Korea in those 50 years. Japan viciously ruled over Korea for 35 years.

Many people died fighting for Korea's independence.

Two years ago, Korea finally became free.

But there is no government yet.

You are here to help them set up a government, right?

Yep!

Your life is really colorful. So much happened!

My life?
Not really.
My life is simple.

Huh?
What are you talking about?
How many jobs....

그 50년 동안 한국에는 엄청난 많은 일들이 있었다.
35년 동안이나 일제의 지배를 받으며
식민지의 시련을 겪어야 했고……

많은 사람이 독립투쟁에 나서
희생되기도 했다.

그리고 2년 전 해방을 맞이했지.

그러나 아직
정부를 세우진
못한 상태다.

바로 그 일을 도우러,
아빠가 가시는 거잖아요?

그렇지!

아빠의 인생은 정말
파란만장하군요.
정말 다재도워요.

내가? 그렇지 않아.
내 인생은 단순해.

어휴~ 무슨 말씀이세요?
직업만 해도 벌써……

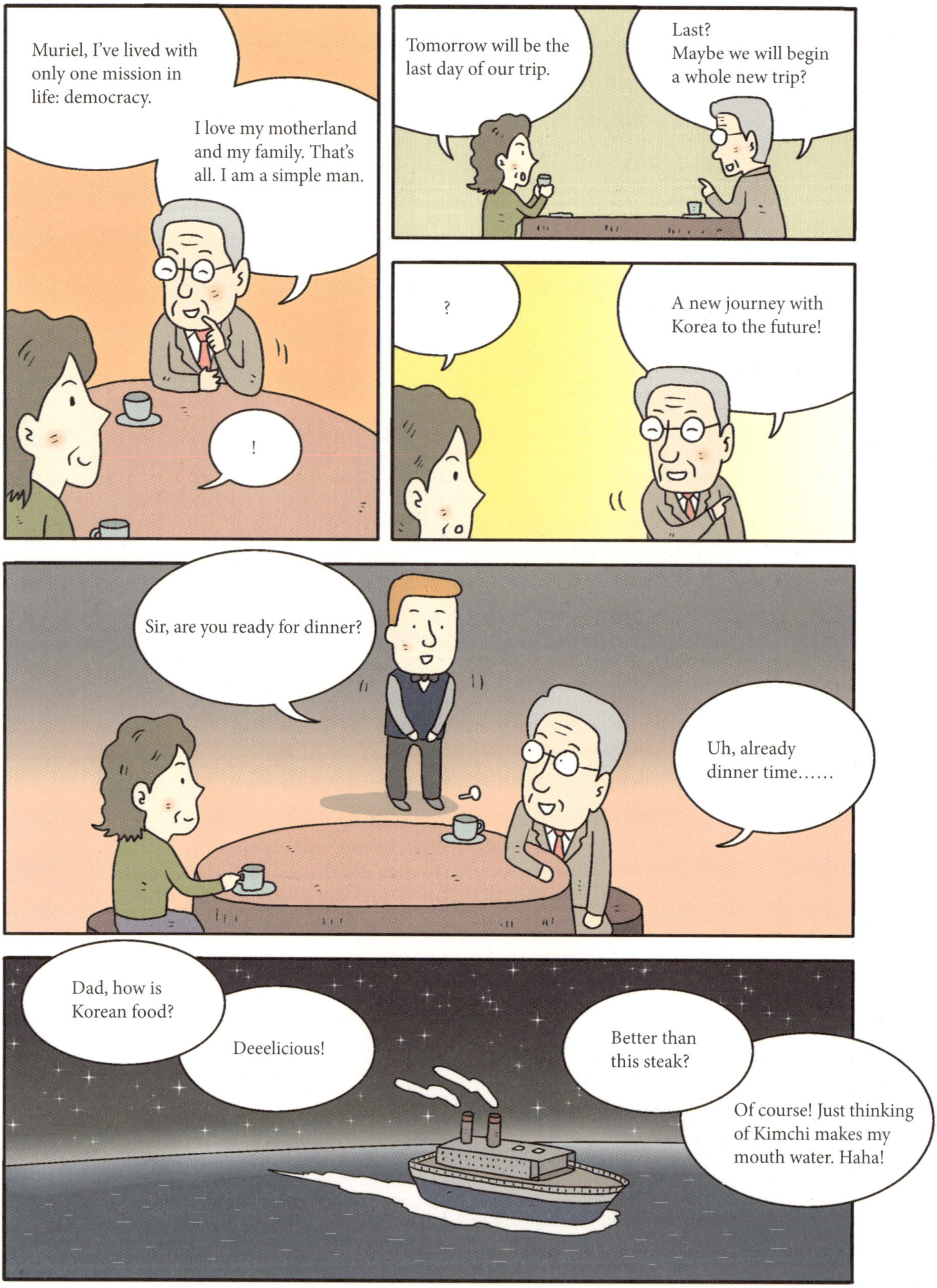
Muriel, I've lived with only one mission in life: democracy.
I love my motherland and my family. That's all. I am a simple man.
!
Tomorrow will be the last day of our trip.
Last?
Maybe we will begin a whole new trip?
?
A new journey with Korea to the future!
Sir, are you ready for dinner?
Uh, already dinner time……
Dad, how is Korean food?
Deeelicious!
Better than this steak?
Of course! Just thinking of Kimchi makes my mouth water. Haha!

뮤리엘. 아빠······
민주주의라는 신념
하나만 가지고 살았어.

그리고 조국과 가족을
사랑하지. 그것뿐이야.
단순한 사람이야, 난.

!

이제 내일이면
여행 끝이로군요!

끝? 아마······
새로운 여행이 시작될 걸?

?

미래를 향해 가는
코리아의 여행에,
우리도 함께!

선생님. 저녁 식사
준비해 드릴까요?

아! 벌써 시간이······.

아빠. 한국의
음식은 어때요?

아~주 맛있지.

이 스테이크보다······?

그럼~. 김치 생각을
하니, 벌써부터 입에
침이 고인다. 하하!

July 1, 1947. 4 p.m. Incheon Port.

94

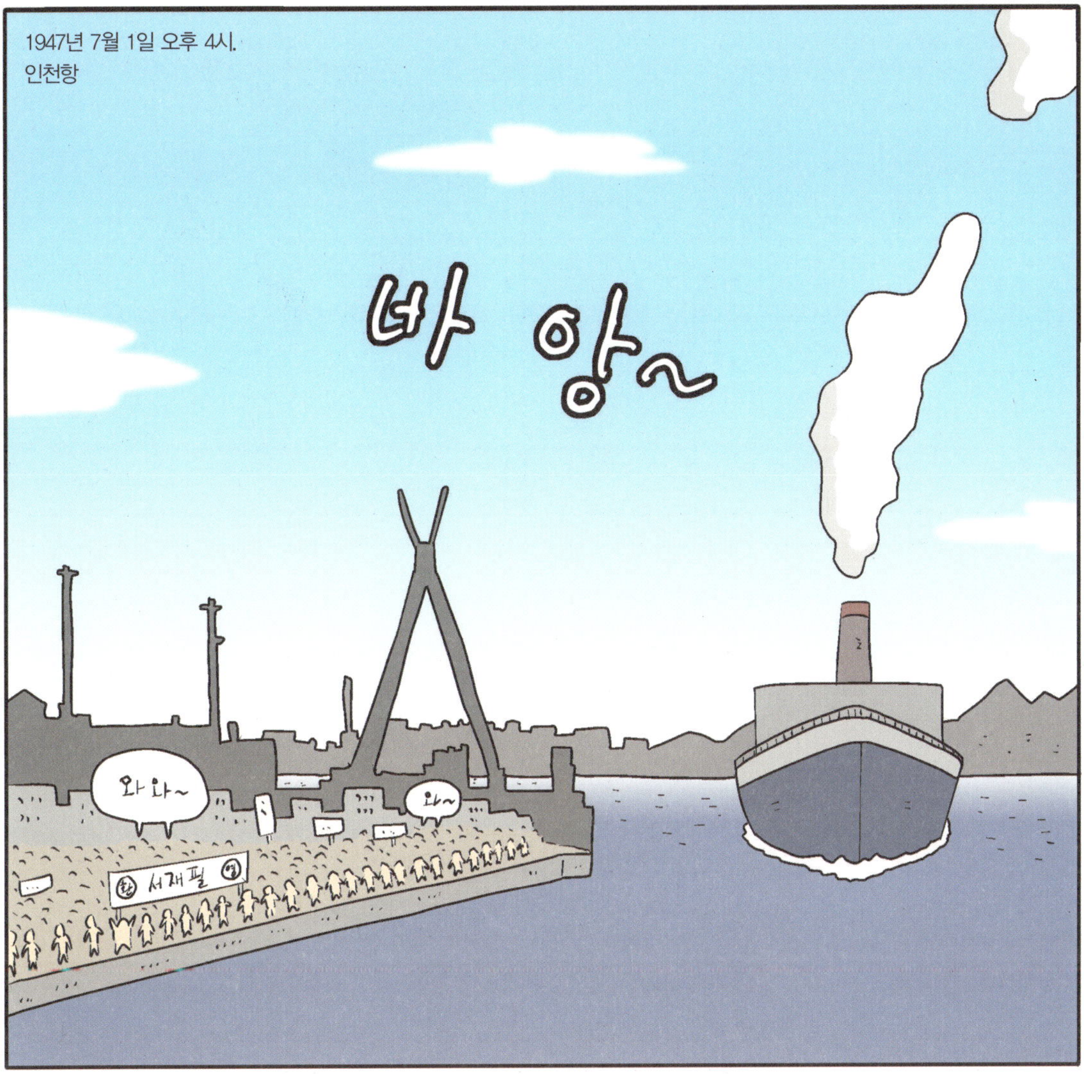
1947년 7월 1일 오후 4시.
인천항
바앙~
와와~
와~
서재필

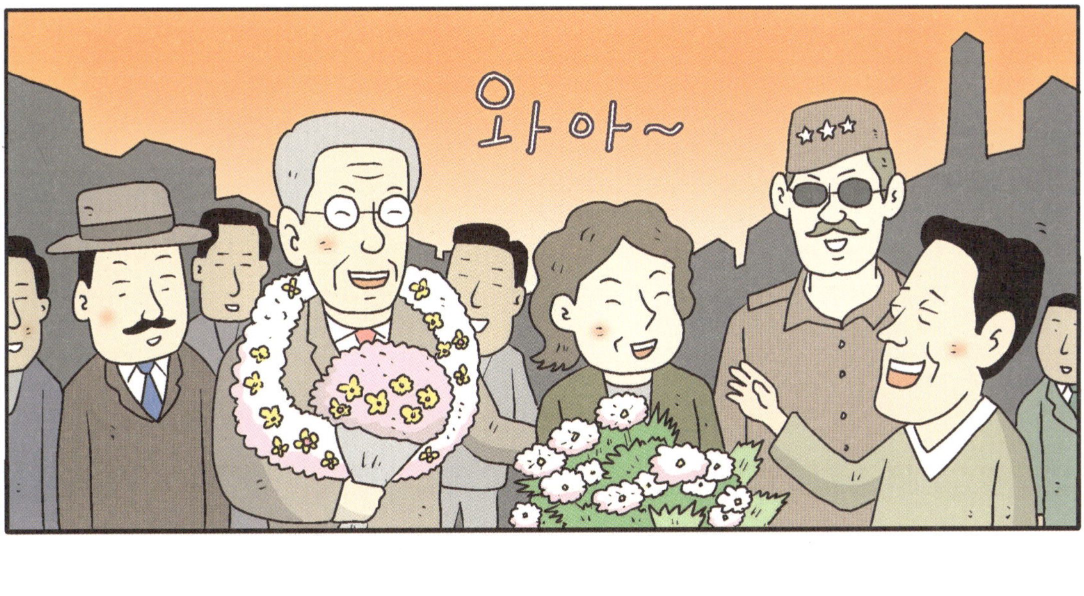
와아~

Syngman Rhee (73-years-old. Korea's first president)

Welcome, Dr. Jaisohn!

Just like the old days in the Independence Club! So glad to see you!

August 15, 1945. Japan surrendered to the Allied Forces, ending the WWII. Korea became independent from Japan. The Russian military took control of Korea above the 38th Parallel; the US military below the 38th Parallel, until a government could be set up. Dr. Jaisohn returned to Korea as the US military government's top advisor.

We'll be in Seoul soon.

We can now drive over the Han River!

Yes, this bridge was built 20 years ago.

어서 오십시오.
서재필 선생님!

독립협회 동지를 보니
옛 생각이 나는군요.
반갑습니다!

이승만

1945년 8월 15일. 연합국에 대한 일본의 항복으로 2차 세계대전이 끝나는 동시에
한국은 식민지에서 해방이 됐다. 위도 38도선을 경계로 북쪽은 소련군 남쪽은 미군
이 각각 맡아서 군사정부를 설치하였다. 한국 정부가 세워질 때까지 임시적인 조치
였다. 서재필 선생은 미 군사정부의 최고고문 자격으로 조국에 돌아왔다.

이제 곧 서울입니다!

이제 자동차로
한강을 건너는군요!

네. 지어진 지,
벌써 20년 됐지요~.

이승만(당시 73세. 정치인. 대한민국 초대 대통령)

Dr. Jaisohn kept very busy. In just one month, he met over a hundred people for official business. Muriel helped him as his secretary.

Besides working as the top advisor, Dr. Jaisohn traveled around the country to give numerous lectures and speeches. A lot of people wanted to hear him speak. Every Friday, he lectured to the entire nation over the radio.

Be quiet!
Dr. Jaisohn is about to speak.

○○ 전파사

His lectures and speeches were always about one subject: democracy!

Do not give up your rights as citizens. Soon a democratic government will be set up by yourselves.

The country belongs to you, so you have to criticize your government if it does anything wrong.

Over a year passed like that.

서재필 선생은 무척 바쁜 나날을 보냈다. 귀국 직후 1개월 동안 공무로 접견한 사람만 100명이 넘었다. 딸 뮤리엘은 비서로서 아버지를 도왔다.

서재필 선생은 미 군정의 최고고문 일 말고도 무수히 많은 강연과 강의를 다녀야 했다. 많은 국민들이 선생의 말을 듣길 원했기 때문이다. 선생은 일주일에 한 번씩 매주 금요일에는 라디오를 통해 전 국민을 대상으로 방송 강의를 하였다.

○○ 전파사

조용히들 하쇼. 이제 곧 박사님 말씀 나올 시간 됐소~.

강연과 강의를 통해 얘기하는 선생의 주제는 늘 한 가지였다. 바로 민주주의!

국민의 권리를 포기하지 마십시오. 이제 곧 여러분의 손으로 민주적인 정부가 세워질 것입니다!

국가의 주인은 여러분이니 정부가 잘못하면 꾸짖고 비판할 책임도 여러분께 있습니다!

이렇게…… 1년여의 시간이 흘렀다.

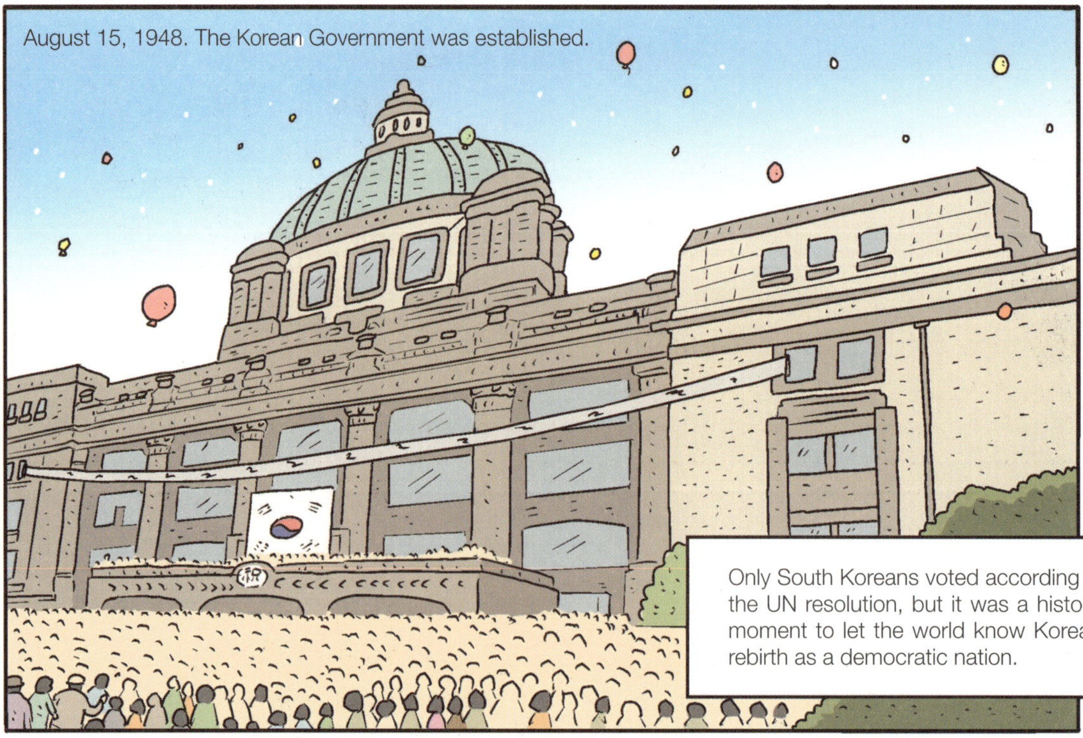
August 15, 1948. The Korean Government was established.
Only South Koreans voted according to the UN resolution, but it was a historic moment to let the world know Korea's rebirth as a democratic nation.

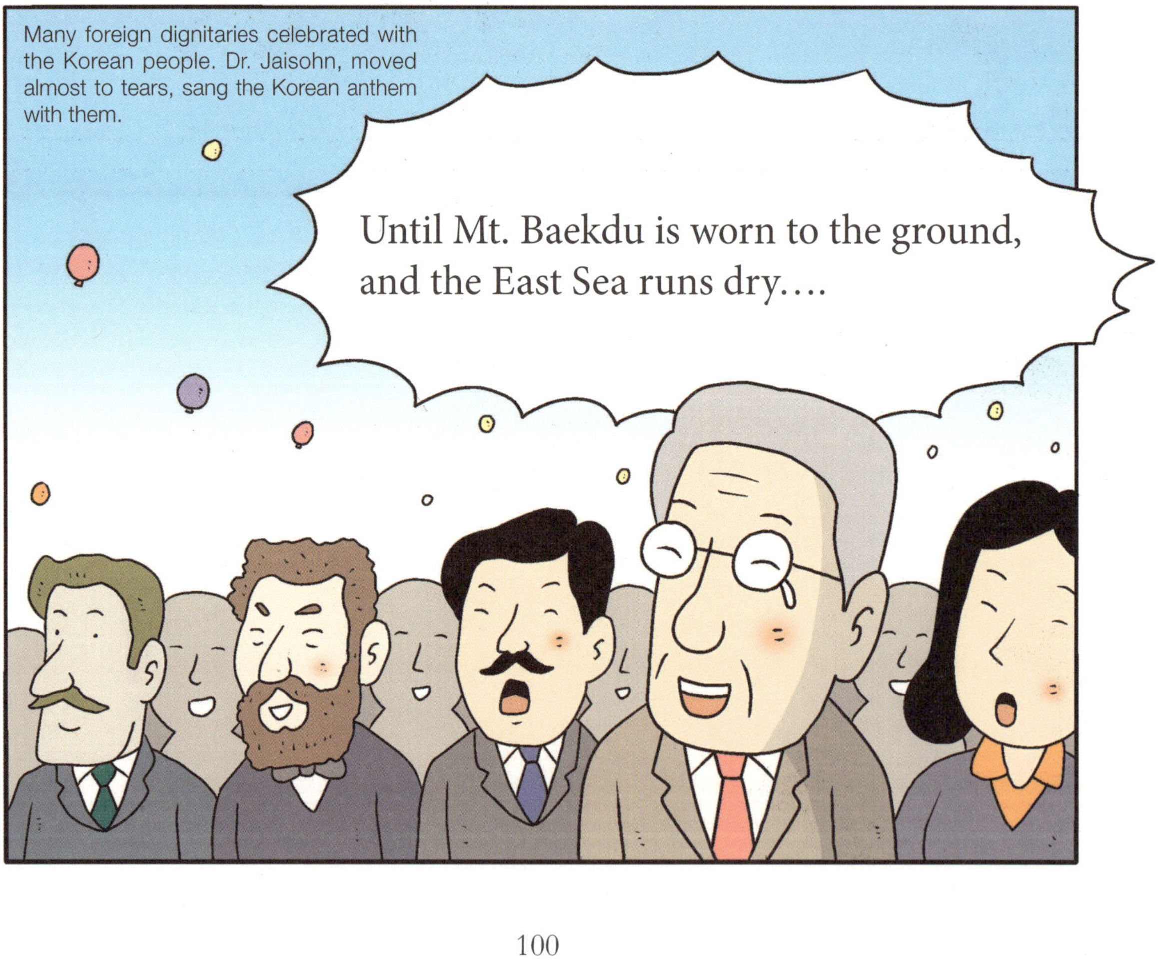
Many foreign dignitaries celebrated with the Korean people. Dr. Jaisohn, moved almost to tears, sang the Korean anthem with them.
Until Mt. Baekdu is worn to the ground, and the East Sea runs dry….

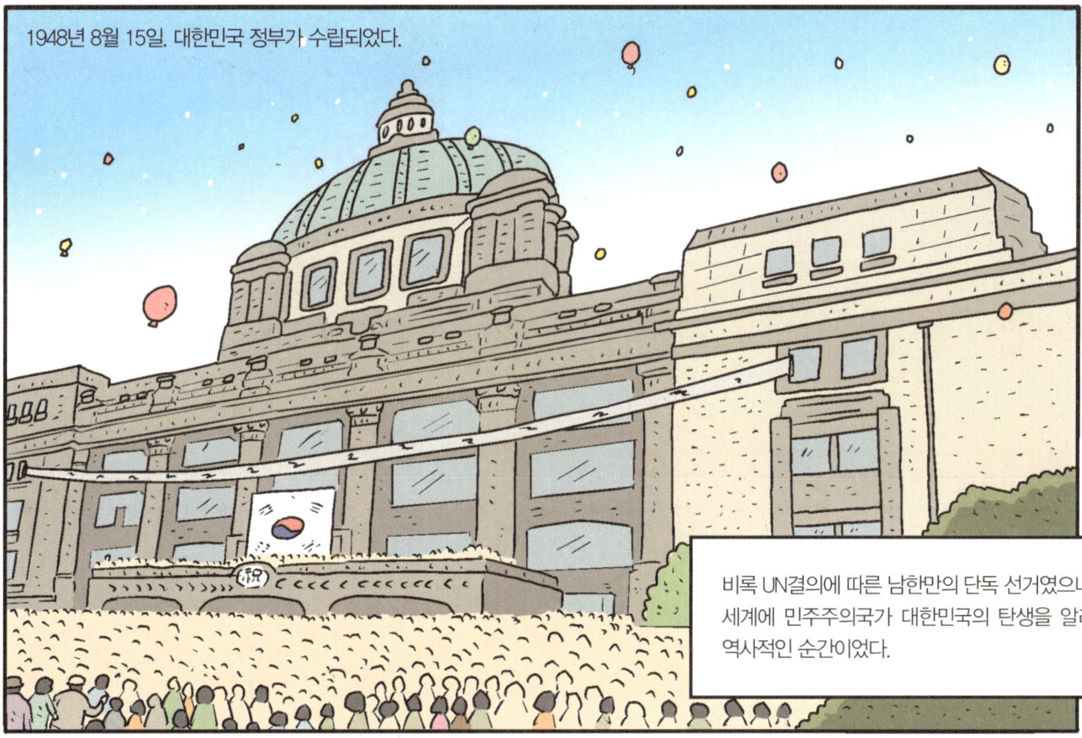
1948년 8월 15일. 대한민국 정부가 수립되었다.
비록 UN결의에 따른 남한만의 단독 선거였으나 세계에 민주주의국가 대한민국의 탄생을 알리는 역사적인 순간이었다.

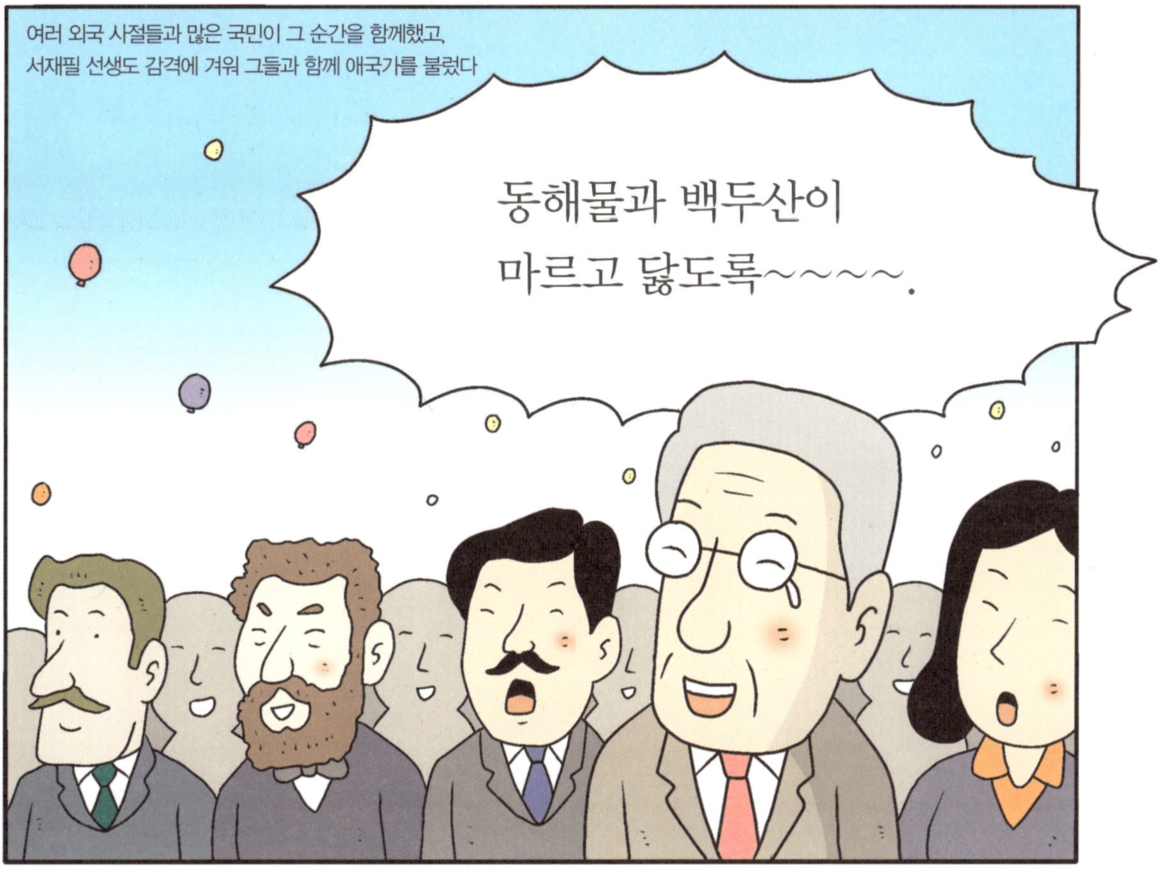
여러 외국 사절들과 많은 국민이 그 순간을 함께했고, 서재필 선생도 감격에 겨워 그들과 함께 애국가를 불렀다
동해물과 백두산이 마르고 닳도록~~~~.

A few days later.

Time to go back to the States.

Yes, Dad. Time did fly.

But our time has been well spent.

A democratic government is established, as you hoped.

Hmmm....

Are you alright?

Oh, yeah.
I am fine.
Can't you tell?

Ah!
Concerned because there is no unified government between the South and the North?

Haha! Brat!
You can read my mind!

그로부터 며칠 후.

이제 다시……
미국으로 돌아갈 때가
됐구나!

네, 아빠!
시간이 참 빨리
지나갔어요.

하지만 아주
보람찬
시간들이었어요.

아빠 소원대로
아빠의 조국에
민주주의 정부가
세워졌고요!

흠…….

어디
편찮으세요?

아니다.
난 건강하다!
잘 알잖니?

아! 남북 통일정부가
세워지지 않은 게,
맘에 걸리시는 거죠?

하하! 녀석…….
이제 아빠 맘을
다 꿰뚫어 보는구나~.

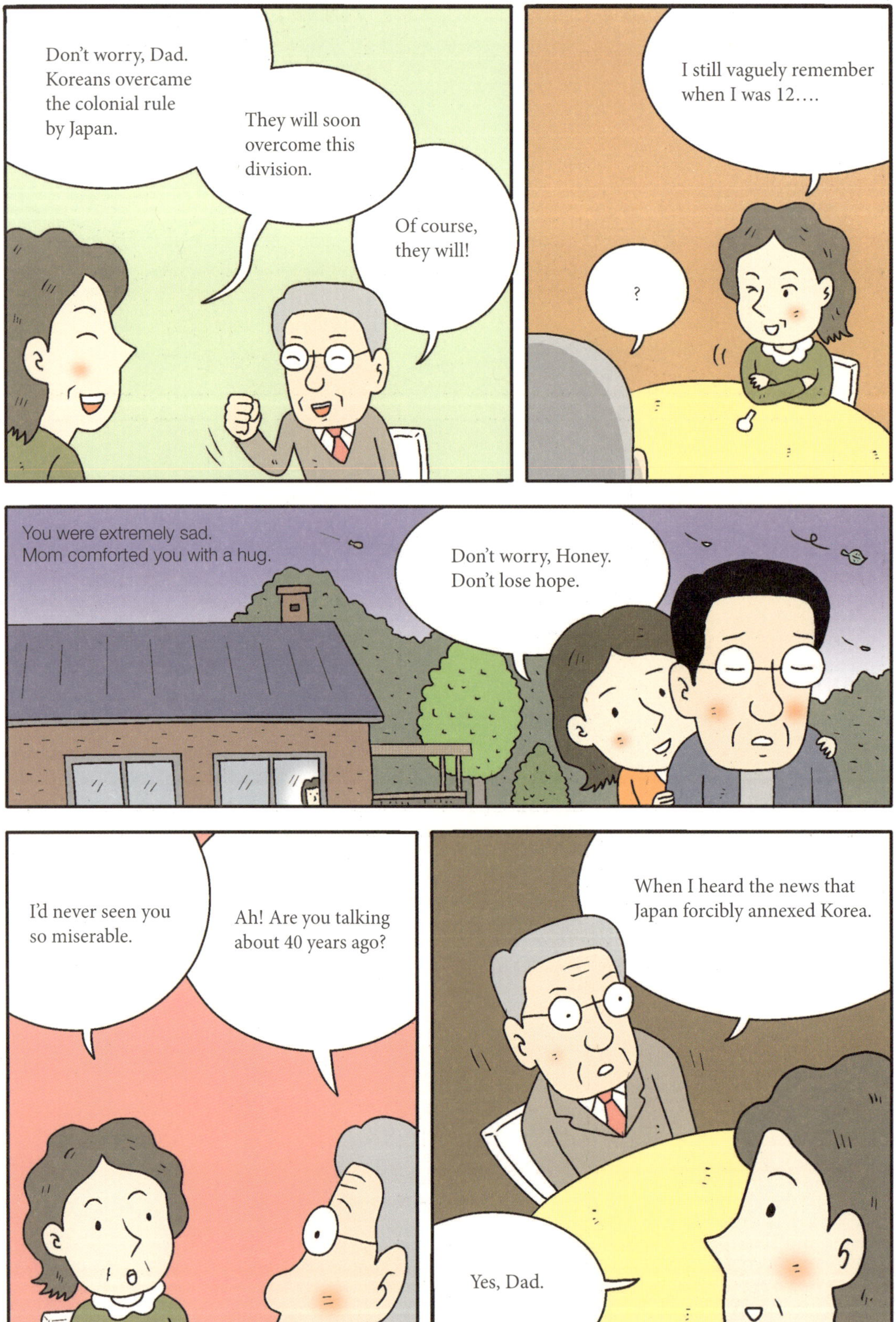
Don't worry, Dad. Koreans overcame the colonial rule by Japan.
They will soon overcome this division.
Of course, they will!
I still vaguely remember when I was 12....
?
You were extremely sad. Mom comforted you with a hug.
Don't worry, Honey. Don't lose hope.
Ah! Are you talking about 40 years ago?
I'd never seen you so miserable.
When I heard the news that Japan forcibly annexed Korea.
Yes, Dad.

걱정 말아요, 아빠!
한국인들은 그 오랜
식민지시대도
이겨냈잖아요?

이 분단도……
곧 극복할
거예요!

그럼. 당연히
그래야지!

지금도 어렴풋이
기억나요. 아마……
제가 12살 때였을
거예요.

?

아빠가 무척 슬퍼하셨어요.
엄마가 아빠를 안아 주고 위로해 줬죠!

걱정 말아요, 여보!
희망을 잃지 말아요~.

아빠가 그렇게
낙담하시는 모습은
처음 봤어요!

이런~ 지금……
거의 40년 전
이야기를 하는 거냐?

일본이 한국을 강제로
합병한 소식을 들었던
그날 이야기로구나?

네! 맞아요.

Now there's something else I remember.

What?

I was about 21.
This time, you comforted Mom.

Darling, thank you for understanding. Everything will be fine soon.

That movement is... mmm....

March First Independence Movement!

Smile

Right! You were so happy after receiving a telegraph.

Yes, Changho Ahn sent it to me.

You explained the news to Mom, Sister, and me, a college student.

We need to talk.

하지만, 또 다른 기억이 하나 더 있어요!

뭐지?

그 기억은 제가 스물한 살 때쯤일 거예요!
이번엔…… 아빠가 엄마를 위로해줬지요.

여보. 이해해 줘서 고마워요.
곧 좋아질 거예요.

그 운동이……
음…….

3.1만세운동을 말하는 거로군!

씨 익

맞아요!
아빠 어디선가 온 전보를 받고 아주 기뻐하셨어요!

그래!
도산 안창호가 내게 그 소식을 알려 줬지.

엄마와 언니 그리고 대학생이던 내게 아빠는 설명을 해 주셨죠.

의논할 일이 있다.

On March 1, there was a huge uprising in Korea against Japan's colonial rule.

Many people have been sacrificed, but the uprising continues. I want to help Korea's independence movement.

How?

I don't want you to return to Korea.

No.

For the time being, I will close my medical work and other businesses. I want to let the world know about Korea's independence movement and raise funds to help Koreans.

I agree. I know how much you love Korea. You have to do this.

I trust both of you to know what's right.

Go for it, Dad! I will be behind you. Don't worry about us.

3월 1일. 내 조국에서 식민 지배에 항거하는 대규모 봉기가 벌어졌다.

많은 사람들이 희생됐지만, 지금도 그 항쟁은 계속되고 있단다. 조국의 독립운동에 아빠도 힘을 보태고 싶다.

어떻게 도우실 건데요?

한국에 가신다면 전, 반대예요!

아니!

아빠는 당분간 병원 일과 사업을 접고 여기에서 한국의 독립운동을 세계에 알리고 국내에 운동자금을 보태는 일을 하려고 한다!

저는 찬성이에요. 당신이 얼마나 조국을 사랑하는지 잘 알아요. 당연히 해야 할 일이죠.

잘은 모르지만 …… 엄마 아빠를 믿어요.

힘내세요, 아빠! 응원할게요. 저희는 이미 다 성인이니 걱정 마시고요.

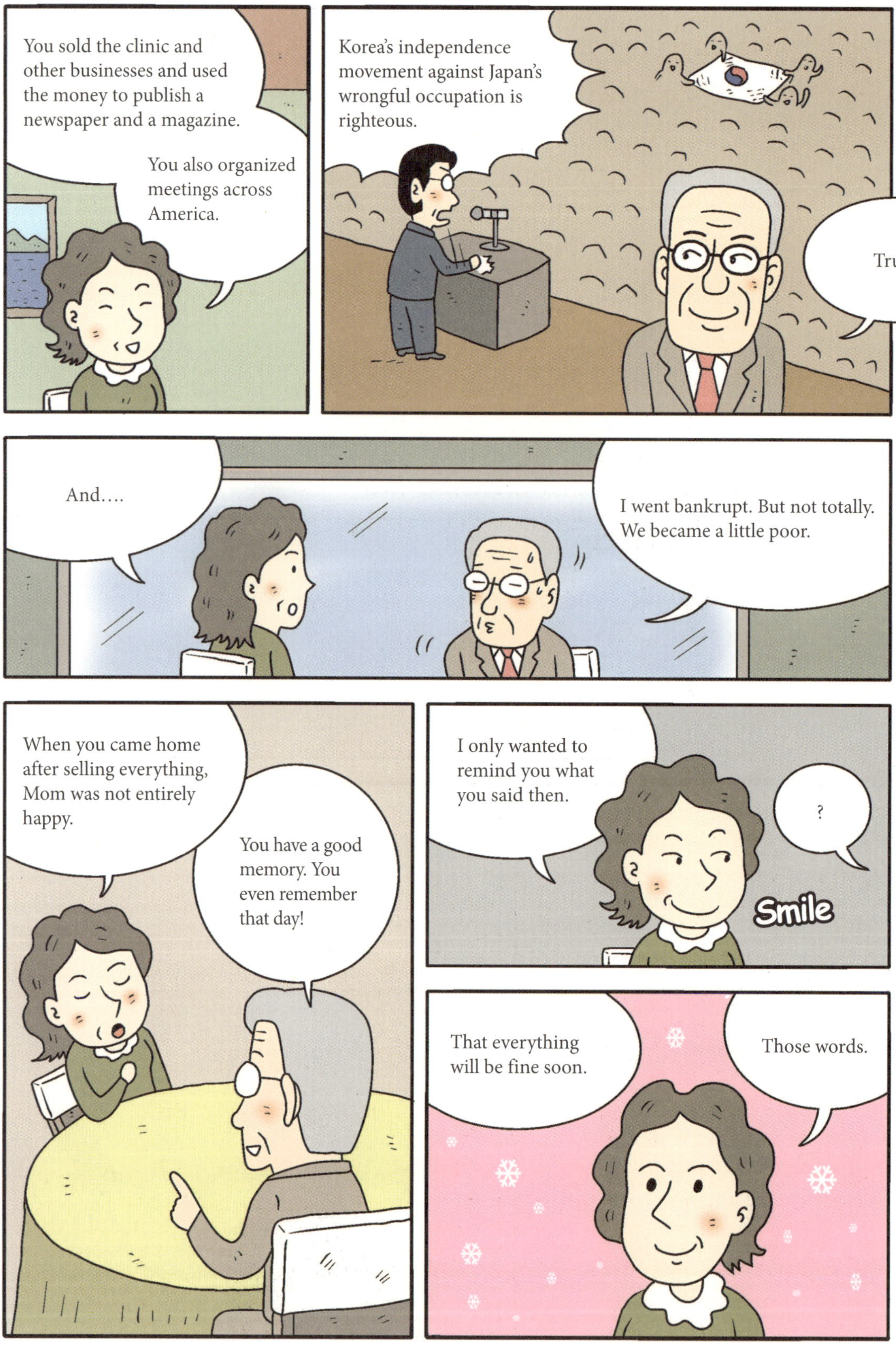

You sold the clinic and other businesses and used the money to publish a newspaper and a magazine.
You also organized meetings across America.
Korea's independence movement against Japan's wrongful occupation is righteous.
True!
And....
I went bankrupt. But not totally. We became a little poor.
When you came home after selling everything, Mom was not entirely happy.
You have a good memory. You even remember that day!
I only wanted to remind you what you said then.
?
Smile
That everything will be fine soon.
Those words.

아빠는 머지않아, 병원과 사업체를 다 파셨죠! 그리고 그 돈으로 신문과 잡지를 발행하셨고……

미국 전국을 다니시며 집회를 여셨어요.

일본의 부당한 점령에 맞서는 한국의 독립 투쟁은 정의로운 일입니다.

맞아! 그랬지.

그러고 나선…….

파산을 했지! 하지만 완전한 파산은 아니었다. 조금…… 가난해졌던 것뿐이야!

아무튼…… 전 재산을 팔고 오신 날 어머니는 조금 서운해 하셨어요!

넌 참 기억력도 좋구나. 그날 일까지 다 기억하다니!

제가 드리고 싶은 말은 그날 아빠가 하셨던 말씀이에요.

ㅅㅅ   ?   익

곧 좋아질 거라는……

그 말!

I see. Thank you. Your words comfort me.

Great! Cheer up.

I feel your mom cheering me up, too, from heaven.

Mom would've been surprised to see

how much Koreans love you.

When they wanted you to be president, I was so touched.

I was flattered, but I could not accept the proposal. I am an old man.

Korea is really dynamic and lovable. I am going to miss it a lot.

You can come back. It's going to be hard for me, though….

Don't be silly.

Shall we pack now?

그래, 고맙다 ! 정말 위로가 되는구나~.

네. 힘내세요~.

너희 엄마도 하늘에서 날 응원하는 게 느껴진다.

엄마가 보셨다면, 진짜 깜짝 놀라셨을 거예요~.

국민들이 아빠를 그렇게 사랑하는 줄 몰랐을 걸요?

아빠를 한국 대통령으로 뽑자는 운동은 정말 감동이었어요.

영광이었지만, 이미 노인인 나로선 받아들일 수 없는 제안이었다!

한국은 정말 힘이 넘치고, 정이 넘치는 나라예요. 돌아가면 많이 그리울 거 같아요!

그럴 땐 다시 오면 되지. 나야 이제 좀 힘들겠지만…….

약한 말씀 마세요~.

자 이제 짐을 싸 볼까요?

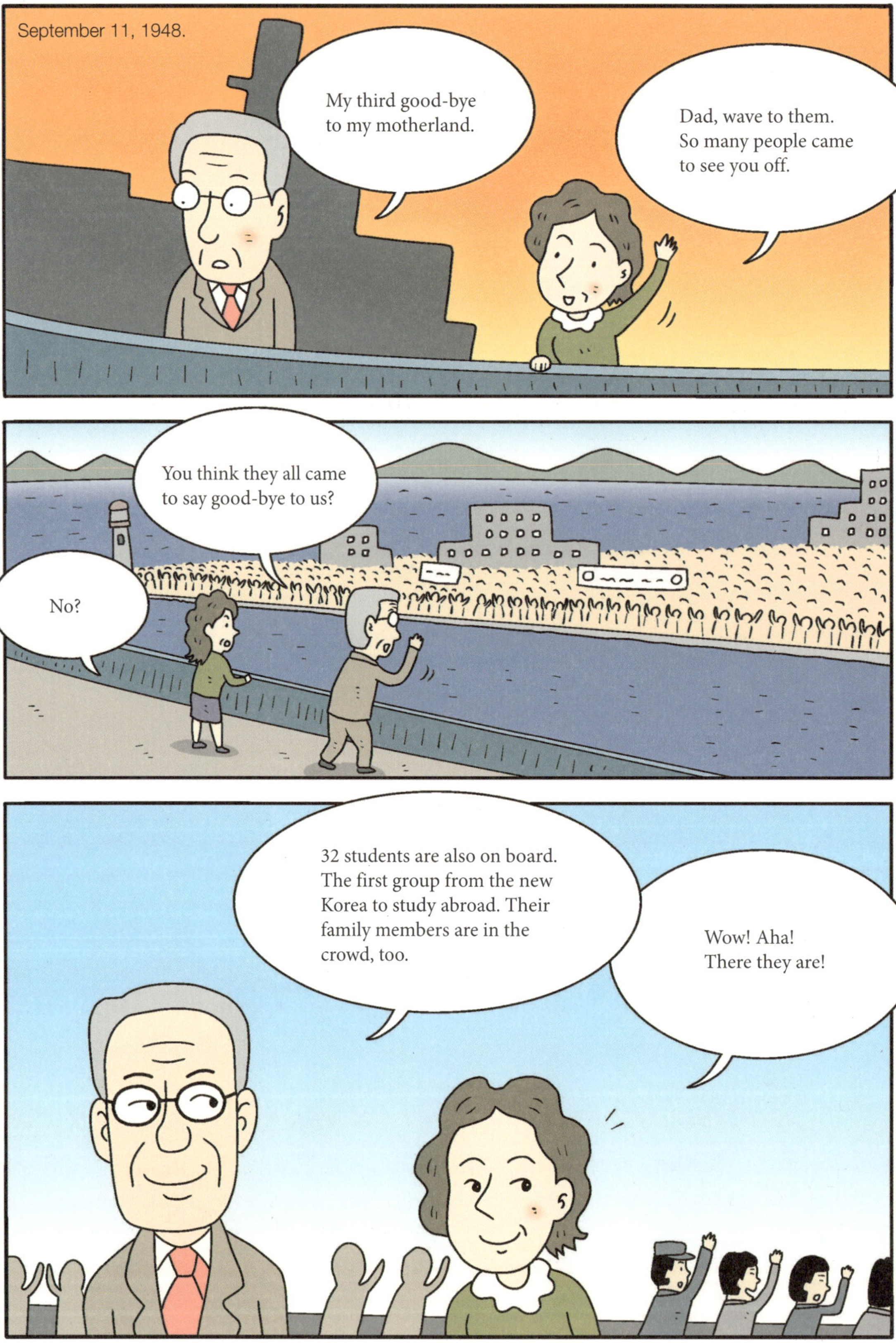
September 11, 1948.
My third good-bye to my motherland.
Dad, wave to them. So many people came to see you off.
You think they all came to say good-bye to us?
No?
32 students are also on board. The first group from the new Korea to study abroad. Their family members are in the crowd, too.
Wow! Aha! There they are!

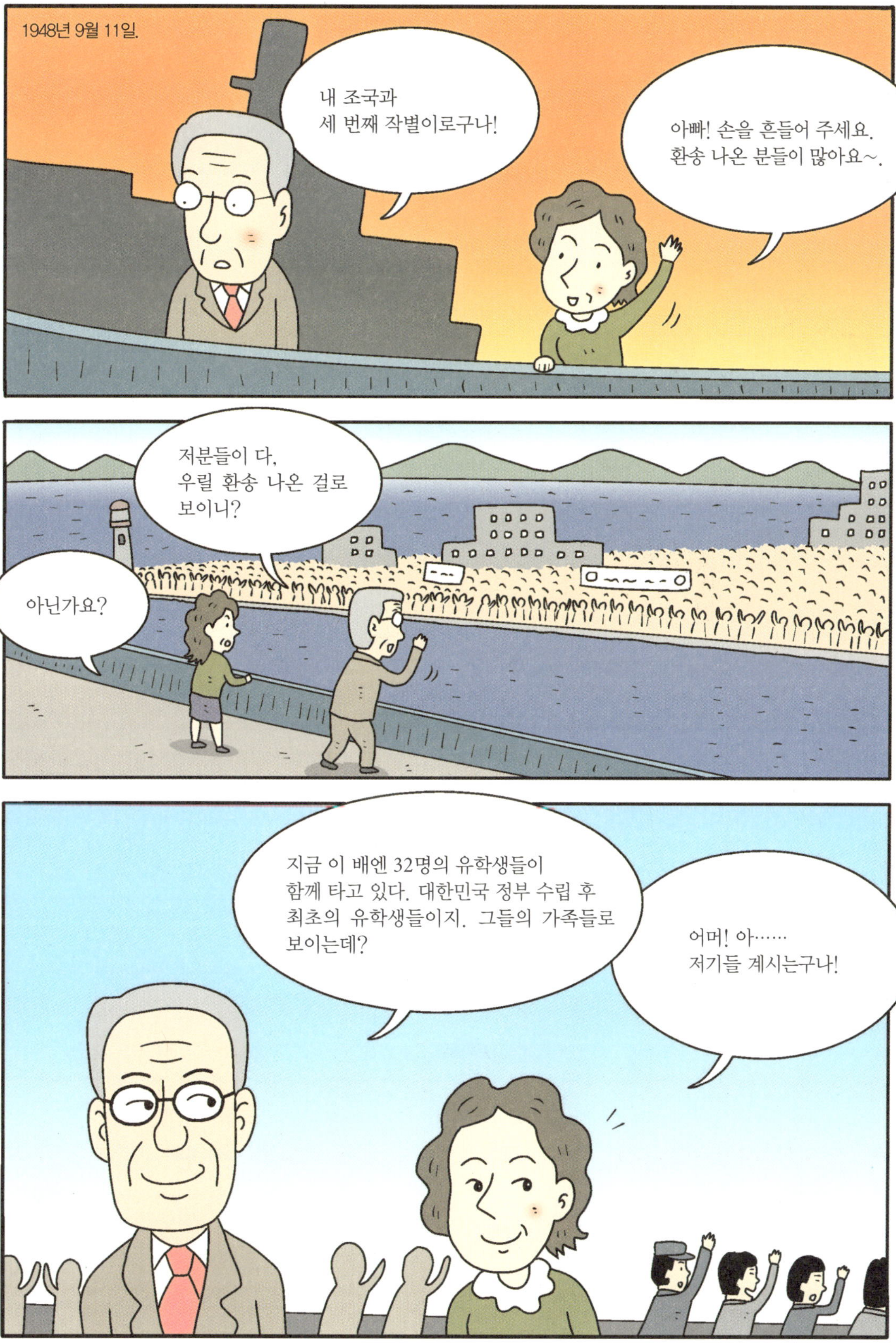
1948년 9월 11일.
내 조국과 세 번째 작별이로구나!
아빠! 손을 흔들어 주세요. 환송 나온 분들이 많아요~.
저분들이 다, 우릴 환송 나온 걸로 보이니?
아닌가요?
지금 이 배엔 32명의 유학생들이 함께 타고 있다. 대한민국 정부 수립 후 최초의 유학생들이지. 그들의 가족들로 보이는데?
어머! 아……
저기들 계시는구나!

Wow!
There's Dr. Jaisohn!

Dr. Jaisohn! Such an honor to be on the same ship.

Nice to meet you.

Fellows,
let's all make a deep bow to him.

Well, I....
You don't....
Please....

Sir,
we pray for your health!

엇!
서재필 선생님이다~.

선생님!
이렇게 한 배에 타다니,
정말 영광입니다!

반갑습니다!

이봐! 이럴 게 아니라
우리 모두 큰 절을
올리자고~!

이……이보게들!
어서 일어나게.
허어~!

선생님 건강하십쇼~!

May I see the captain?

Yes, sir.
Please wait a moment.

6 days since we left the port?

Yes, it's September 17.

And August 15, according to the lunar calendar. The Korean Thanksgiving is today.

Is that right?

Let me ask you a big favor.

Can you prepare a party for these students?

I will pay the expenses. As you know, they will live in a foreign country for a while.

I want to give them something memorable.

You really love the young people of Korea.

No problem.

Thank you, Captain!

선장을 만나고 싶네!

넵! 잠시만 기다려 주십시오!

오늘이 출항한 지 엿새째 되는 날이지요?

네! 9월 17일입니다.

오늘은 음력으로 8월 15일. 한국에서 가장 큰 명절인 추석입니다!

아, 그렇군요!

그래서 말인데⋯⋯. 부탁을 드릴 게 있습니다!

비용은 제가 낼 테니 파티 준비를 좀 해 주시겠습니까?

아시다시피, 이 배에 탄 유학생들은 이제 한동안 이국땅에서 지내게 될 것입니다.

그들에게 추억을 만들어 주고 싶군요.

선생님은 정말 조국의 청년들을 사랑하시는군요!

잘 알겠습니다. 문제 없습니다!

고맙소. 선장!

Arirang, arirang, arariyo~

Students! When you go to America, live proudly as students from the Republic of Korea.

Take heart! You can overcome anything.

Wow! Long live Dr. Jaisohn!

Long live the Republic of Korea!

Shall we shout once more?

Hooray to democracy! Hooray!

Democracy, hooray!

That night, the Korean anthem could be heard all over the Pacific Ocean.

May God protect our country, Korea!

유학생 여러분!
미국에 가거든 민주주의 국가
대한민국 국민의 긍지를 가지고
당당히 살아가세요!

모든 어려움은
극복되기 마련이니
용기를 가지세요!

와!
서재필 선생님 만세!

대한민국 만세~.

만세를 한 번만
더 외칠까요?

민주주의 만세!

만세~

만세~

그날 태평양 밤바다에는 애국가가 울려 퍼졌다.

하느님이 보우하사
우리나라 만세~.

121

Epilogue

Dad passed away on January 5, 1951.
At 8 a.m., his family and doctors watched him breathe
his last at Norristown's Montgomery Hospital.

A small funeral was held at a church.
Many Koreans mourned with us and
consoled us.

Even after he returned to the US in 1947, he'd always worried about Korea. Every year, he went to meetings to commemorate the March 1st Movement. In 1949, he gave a speech to Koreans through a radio show.

My body is in America,
but my heart is always in Korea.

Keep the principles of democracy. South and North Korea will be united soon.

아버지는 1951년 1월 5일. 아침 8시 노리스타운의 몽고메리 병원에서
의료진과 가족들이 지켜보는 가운데 숨을 거두셨다.

장례식은 교회에서 간소하게 치러졌다.
많은 한국인들이 함께 슬퍼해 줘 큰 위로가 됐다.

아버지는 1947년 미국에 돌아오셔서도 늘 조국을 걱정했다. 매년 3.1만세 운동을
기념하는 집회에 나가셨고 1949년 3.1절에는 라디오를 통해 조국의 국민들에게
기념사를 남기기도 하셨다.

내 몸은 미국에 있으나,
마음은 늘 조국에 있습니다!

민주주의의 원칙을
지키며 단결하면
대한민국은 분명히
통일을 이룰 것입니다~.

When the Korean War broke out in 1950, he was severely saddened. The shock worsened his health. Even in his hospital bed, he had my sister transcribe his letters to Korea.

Realize how wrong this stupid war is. I urge South and North Koreans to work together to build a democratic nation.

Standing in front of our house, I reflected on my father's life. What was he? A politician? Reformer? Medical Doctor? Freedom fighter?

Dad, who are you?

Then I heard my Dad's voice.

Muriel

I am a democrat. That's all.

True! Dad was a very simple person.

Love you, Dad!

The End

124

하지만 1950년 한국전쟁이 벌어진 소식을 듣곤 크게 낙담하셨다. 그 충격으로 병이 깊어졌다. 병상에 누워서도 언니에게 대필을 시켜 한국으로 편지를 보냈다.

모두가 잘못을 깨닫고 이 어리석은 전쟁을 끝내고 서로 협력하여 민주국가 건설에 나서길 바랍니다.

아버지가 살았던 집 앞에서 내가 들었던 아버지의 삶을 되짚어 봤다. 아버지 서재필은 어떤 분이셨을까? 정치가? 혁명가? 의사? 독립운동가?

아빠! 당신은 어떤 분이시죠?

그때……
아빠의 목소리를 들었다.

뮤리엘~

난 민주주의자야. 그뿐이야!

그래! 아빠……
참 단순하신 분이셨지.

사랑해요~ 아빠!

끝